重生之名流巨星

青罗扇子 作品

图书在版编目（CIP）数据

重生之名流巨星 / 青罗扇子著 . -- 长沙 : 湖南文艺出版社，2012.3
ISBN 978-7-5404-5359-6

Ⅰ . ①重… Ⅱ . ①青… Ⅲ . ①长篇小说－中国－当代
Ⅳ . ① I247.5

中国版本图书馆 CIP 数据核字（2012）第 017241 号

建议上架：青春文学

重生之名流巨星

作　　者：青罗扇子
出 版 人：刘清华
责任编辑：丁丽丹　刘诗哲
监　　制：蔡明菲　潘　良
策划编辑：邹和杰
版式设计：李　洁
封面设计：xiaoyu
插图绘制：北　北
出版发行：湖南文艺出版社
（长沙市雨花区东二环一段 508 号 邮编：410014）
网　　址：www.hnwy.net
印　　刷：北京鹏润伟业印刷有限公司
经　　销：新华书店
开　　本：787mm × 1092mm　1/16
字　　数：224 千字
印　　张：15.5
版　　次：2012 年 3 月第 1 版
印　　次：2012 年 3 月第 1 次印刷
书　　号：ISBN 978-7-5404-5359-6
定　　价：29.80 元
（若有质量问题，请致电质量监督电话：010-84409925）

人物表

/ 杜云修

前世是演技精湛、时运不济的二线艺人杜飞。曾有过大红大紫的机会，却因种种原因让给了谢颐，而后者因此飞黄腾达，扶摇直上。可是对方在他爆出丑闻之时，不仅没有雪中送炭，反而刻意撇清，令人寒心。这一世，怀着对演戏的热爱，他再一次踏入这个梦想与名利交织的娱乐圈，与影帝PK演技，团队解散单飞，后辈新人锋芒毕露……状况纷杂繁复。重生，到底是否定过去的自己，还是更加坚定地勇往直前?

/ 封景

ESE（East Star Entertainment，东星娱乐）的前总监。本是同谢颐各分半边天下的当红艺人，却因厉睿的关系在最红之际退居幕后，成为厉睿手下的得力干将，并在厉睿同他亲生哥哥争夺ESE大权时，起到了决定性的制胜作用。他有能力，有手腕，才华不输于任何人，只是，牺牲自己的所有成全另一人的丰功伟业，换来的未必是并肩前行笑看山河。

/ 厉睿

ESE 的总裁，在带领 ESE 成为娱乐圈领头羊之后，他站在了人生巅峰，一如睥睨众生的高贵帝王。在他心里，事业永远占据第一位，就算是爱情也需要精确计算，采取制衡之道。为了利益，他可以毫不留情地逼迫封景辞职。

/ Amanda（阿曼达）

她崇拜过封景，怀着小粉丝的心态进入 ESE，从小小的助理做起。可是这个圈子外表光鲜亮丽，实则自私自利。她终于成长为精明干练的经纪人，甚至妄想取代封景成为 ESE 总监，却在最后发现，在算计他人之时，自己也被别人算计着……

/ 傅子瀚

皇冠荣耀娱乐公司的继承人。年轻自信，精力充沛，原本以为这一生会顺风顺水，却在爷爷逝去之后，不得不担负起皇冠荣耀整个公司的重担。争夺家产，昔日纠纷，在被嘲笑“什么都不会，还是去当只用卖脸的明星比较好”之后，傅子瀚开始改变，不惜一切手段。

/ 林萱

享誉国际的影后。年轻时被黑道大佬强逼“陪酒”，是杜飞挺身而出救下她。跟重生后的杜云修有一种莫名的缘分。

/ 裴清

拥有天籁之声，唱片界永远不倒的神话。为人清冷、疏离，即便这样也被众多歌迷狂热地喜爱。在被爆出跟厉逍的绯闻时，丝毫不在意名声和人气。然而，厉逍的出现，却彻底地改变了他的生活。

/ 厉逍

厉睿的亲弟弟。娱乐圈对他来说只是玩票泡妞的地方，顶着 ESE 总裁弟弟的光环，无数美女投怀送抱。他唯一感兴趣的，只有音乐和裴清。因为裴清，他对音乐越来越热爱，创作出很多脍炙人口的歌曲，名噪一时，可他终究无法抵挡娱乐圈的诱惑……

目 录

Contents

序章

在现实世界里，范冰冰有一句话说：“我能经得住多大诋毁，就能担得起多少赞美。”

然而并非所有的艺人都能有她那样强大的内心和运气。

在这个小说虚拟世界的娱乐圈中，杜云修就是一个演技精湛可是时运不济的演员。他曾经有过一夜成名的机会，却因为种种原因，让给了当时的好友谢颐。而后者凭借这个机会，从此平步青云，一跃成为人气爆棚的影帝，至今仍在娱乐圈风生水起。而杜云修，却因丑闻缠身，饱受诋毁，甚至一度连跑个龙套都十分困难。

在他最落魄的时候，是曾经受过他帮助的林萱一个一个去求那些导演好友，说：“帮帮他，你们帮帮他吧。你们知道的，他的演技真的很好……”

杜云修因此才有了慢慢翻身的机会，然而一次车祸夺走了他的生命，却也让他意外重生。

重生？

这是属于奇迹的两个字。重生之后，你想做什么，是改变命运，还是继续勇往直前？杜云修选择了后者，他想再次踏入演艺圈，重新实现当年没有实现的梦想——成为影帝！

在面试时，杜云修精湛的演技就令所有的面试官惊叹不已。在第一次受邀试镜时，更是让导演和其他工作人员折服，然而ESE的总监封景却没有将这个角色给他，而是给了另外一位新人。这种娱乐圈的暗箱操作，杜云修司空见惯，可是没有想到——原本以为对自己有偏见的封景却将他拉入ESE重金秘密打造的一个四人偶像组合Legacy（奇迹之光）！

这个组合一夜之间红遍整个亚洲，创造了种种惊人的纪录！而杜云修作为其中一员，也大放异彩。在封景的影响下，杜云修渐渐变得更加自信，更加懂得自己的价值。杜云修即将出演电影，在封景“不破不立，不舍不得”的鼓励下，有别于竞争对手的保守方针，他选择了与新锐导演合作，勇于承担票房的压力！

然而，开拍不久，杜云修为了救同剧组的女主角柳艺，身受重伤。对方的经纪人却为了要炒新闻，故意含糊其辞。而更令他没想到的是，他的经纪人Amanda为了要助她的秘密情人褚风一臂之力，不仅没有帮他澄清，反而在暗处故意挑拨他和导演的关系。

危机一触即发——导演要求换人！

此时，是封景大刀阔斧地解决了问题，一边向导演、女主演施压加利诱，一边召开记者会，向所有媒体为云修澄清。而重伤的杜云修更是逞强来到剧组，对导演说：“只有我能演好那个角色——你还不明白吗，我就是那个角色！”那种热爱演戏的光芒，从不曾在他身上磨灭。

杜云修所主演的这部电影票房优异，他被提名最佳新人奖，就在封景对他信心满满之时，岂料幕后更有高人操作，厉睿通知谢颐等人，务必将这个奖项定给另外一个艺人。封景跟厉睿的观念分歧越来越大……但是没有想到在最后一刻，杜云修反败为胜，获得了此年度金柏奖的最佳新人奖！封景和云修激动不已！

可是，杜云修没有想到，就在他被林萱介绍给法国名导出国拍电影之际，ESE 内部风云突变，高层震荡，厉睿不但要将封景逐出 ESE，并派 Amanda 联合媒体，进行造谣诋毁！

封景处境艰难，却维持着高傲的自尊强撑。媒体报纸胡编乱造，情况对封景越来越不利！可是没有任何人敢站出来支持封景，没有任何人敢公开为封景说话，以免被 ESE 这个庞大的势力盯上。

在这样的情况下，杜云修会有怎样的举动？

大戏拉开了帷幕。

第一章 / 止战之殇

某个电台采访。

这次的采访是 Amanda 为 Legacy 接的活动，也是为他们第三张专辑预热。虽然在原来的合同上，定为九月份就应该出这张专辑，但是因为种种原因，现在只有一个 EP（小专辑）出来，早已经超过了合同的期限。不过由于他们跟 ESE 签的合约是五年，现在才两年多，加上 ESE 一直在捧他们，褚风等人也没怎么计较。

当然，在上节目前，Amanda 再次耳提面命，不许回答关于封景的问题。说这话的同时，目光更是锐利地看了一眼杜云修。

然而杜云修只是浅浅笑了笑。

果然，到了节目最后，作为这段时间的头条热点，主持人绝不会放过这个机会，提出了跟封景相关的问题："最近有很多关于 ESE 总监封景的新闻，你们作为 ESE 的艺人，是怎么看待这些事情的呢？"

褚风说："我们更想回答关于这张 EP 的事情，相信收听的歌迷对这个更在意。"

杜云修却出乎所有人的意料突然开口，甚至盖过了褚风的声音。

"那些报道完全不可信。

“封景是一个值得尊敬的人。他带过很多艺人，跟很多圈内的人合作过，他的才华，他的能力，他的个人魅力，无论是身为曾经的演员，还是如今的经纪人，都是值得肯定的……

“他的付出，他的努力，他为 ESE 所做的，值得用一切去肯定！

“而我，一个被他亲自面试、一直能够幸运演戏到现在的艺人，更是对他一直抱着深深感谢的心情。

“所以，无论其他人怎么样，我都会一直站在他这边，相信他，并且一直力挺他！

“如果 ESE 执意开除封景，作为被他一手培养、踏入演艺圈已经两年的我，是绝对无法接受的！一个人，如果在栽培自己的恩人被这样诬蔑的时候，连亲自为他说句话也做不到的话，我会感到很遗憾。

“要是封景被开除了——那么，我——云修，也会离开这个毫无人情味的公司！

“能够听到这些的粉丝，我的云迷们，如果你们相信我的话，也请一并相信封景！相信他，支持他，就是相信我的为人！万分感谢！”

杜云修的声音很冷静。

他就这样对着话筒，很认真地、一字一句地说着这些话，说这些注定会掀起轩然大波的话语，但是在场的任何人都无法阻拦他。

——因为他的每一个字都充满力量。

执著、认真、感恩。最普通，却又是令其他人都羞愧的力量。

这是调频电台的直播。跟其他录制后再制作的电视节目不一样，这是现场的、不可剪辑的，主持人和嘉宾的每一句话听众都能听得清清楚楚！而 Legacy 的人气更是注定了这次电台采访有极高的收听率！

但正是这种场合，正是这样的时刻，杜云修发出了这样的言论——跟 ESE 完全对立的言论！绝对支持封景的言论！

电台的监制赶紧给愣住的主持人打手势，让她立刻结束节目！而整个过程一直在提防云修的 Amanda 更是没有想到——对方竟然真的这么没脑子！竟然真的公开跟 ESE 作对，跟她作对！

Amanda 气得一个箭步冲进直播间。

她这些天好不容易控制住媒体，把封景逼入四面楚歌的境地，却被云修这样飞来一笔——刚才的言论太正直，也太有感染力！连她都无法预料会带来什么样的后果！万一闹大了，厉睿会怎么评判她的能力？！她总监的位置还能不能到手？！

"云、修！身为 ESE 旗下艺人，你就是这样回报 ESE 的？！" Amanda 咬牙切齿，怒火中烧，"我告诉你！你能在演艺圈混下去，不是因为封景！而是因为 ESE！"

"以后——你不用再接通告！不用再上节目！不用再接戏！不用再拍广告！就一直在家'好、好、休、假'吧！"

尖锐刺耳的女声将"好好休假"几个字一字一顿，说出一种令人心惊胆战的寒意，听得藤泽和蔚逸飞心惊肉跳！他们从没见过 Amanda 如此暴怒的样子！调频电台在场的主持人、监制和其他工作人员也不由得心生寒意，面面相觑！他们清楚自己亲眼目睹了一场要将当红艺人进行"雪藏"的事件……

所有人都被 Amanda 这种怒气冲冲的模样吓到了。

除了……杜云修。

杜云修站了起来，摘掉耳麦。

他的动作优雅且轻柔，他的目光平稳柔和，一点儿杀伤力也没有，仍然像是一潭平静清澈的湖水。

但周围的人却被他的动作弄得一惊，Amanda 更是一怔。

在藤泽、蔚逸飞的注视下，在褚风也捉摸不透，挑起了眉毛、目露疑惑时，杜云修却一步一步走向 Amanda。

“你、你要干什么？”看着逐渐走近自己的云修，Amanda 突然没有了刚才那种强硬的怒气，心底反而生出一丝后怕……

“谢谢你以前的照顾。”

然而，杜云修只是停在她面前，目光平和地对视着 Amanda 的眼睛，轻轻说道：“还有就是……你永远也比不上封景。”

“无论哪个方面。”

杜云修离开了电台。

他的身姿完美，步伐清雅，而 Amanda 却差点连站也站不稳。

所有在场的人，心中突然升起一个奇怪的念头：这个人，不像是刚刚被宣告“永久雪藏”的沮丧艺人，反而更像是一个永远温柔却坚定着自己信念的骑士！

或许，他无法打败敌人……

但——他却撼动了所有人的灵魂！

杜云修的言论立刻被转登在互联网上！

一时之间引来无数人的关注和评论，有人猛烈地抨击“云修和封景蛇鼠一窝，私生活糜烂至极，不堪入目！”也有人嘲笑“他以为他自己是谁？！不就是得了一个小小的新人奖，还说什么封景辞职他就走，他以为他能威胁 ESE？笑话！……”

在越来越不堪入目的评论中，首先反击的就是云修的粉丝。

“你了解云修吗！你们凭什么这样说他！你认识封景吗！难道媒体说什么就是什么！什么叫‘三人成虎’，知不知道啊！”

“不许你们诬蔑修修！我相信修修，他说什么，我就信什么！我挺封封！！”

粉丝的一封公开信更是坚定地支持着杜云修：

云仔一直是个很努力的艺人。

他的成长，他的认真，一点一滴，只有我们这些关注他的人最清楚。

而现在，云仔又让我们看到了新的一面——做人的底线。

云仔说：“一个人，如果在栽培自己的恩人被这样诬蔑的时候，连亲自为他说句话也做不到的话，我会感到很遗憾。”

听到这句话时，我们很想说些什么，却什么也说不出。

因为，真的。

在我们长大的同时，在我们懂得越来越多的圆滑和妥协的同时，我们失去的，不仅仅是讲真话的勇气……

我们会相信封景。

因为我们更相信你，云仔。

你值得我们每一个云迷尊重和信任！

就在Amanda限制了云修的一切活动，并且利用媒体关系，将一切反驳的声音减到最少时，《水果日报》突然刊登了一份艺人的联合公告！

我们是所有曾被封景照顾以及同封景合作过的艺人。

在过去的那些合作和私交中，我们所了解的封景，是一位极有才华，极有能力，经常提携后辈、照顾后辈的人。他是一位优秀的艺人、经纪人，是一位极好的朋友，以及合作伙伴。无论是台前还是幕后，封景都热爱着演艺事业，热爱着自己的工作！

近日，一些媒体带有恶意诬蔑的报道，已经完全扭曲了事实。所以作为认识封景，同封景打过交道而熟知封景的我们，决定联合发表这份公告，以正视听！

后面是一长串艺人的签名。

那些曾经被封景带过的、合作过的，演员、导演、制片人的名字，密密麻麻地占据了整整半个版面。

Amanda拿到这份报纸后，恨不得将它撕成一万片！

她刚刚动用ESE的一切关系，让那些互联网不要再出现对封景有利的消息，甚至派枪手在网上大肆诬蔑，反驳云修的粉丝！

没想到一波未平一波又起！

那些艺人，前几天不是什么话都不敢说吗？怎么现在，却弄这个什么联合声明！

偏偏那些人跟云修还不一样，他们在演艺圈已有些名气和地位，是封景在这十几年逐渐认识、结交的一些朋友，他们本身并不在ESE，所以根本无法用ESE的名义，来命令或者威胁“雪藏”。如果是单个艺人发表支持，就算不在ESE，她也照样可以立刻派记者去编造他和封景的绯闻，泼他脏水。

但是现在——整整半个版面的签名！

她可以利用ESE的势力，诬蔑一个、两个、五个艺人，但她如何编造整整半个版面的艺人？Amanda第一次有种深深的无力感。

然而……

这仅仅是一个开端。或者说，在云修点燃导火线之后，一个接着一个，被压抑许久的巨浪，全数爆发！还没过一天，褚风就正式公开对媒体说，封景的事情，已经让他彻底对 ESE 失去信心。一个为公司鞠躬尽瘁十几年的总监，到头来却是这样的下场。而为封景说话的云修，也因此被 ESE“雪藏”！ Legacy 再也不是完整的 Legacy……他也彻底被凉了心，所以决定退出 ESE！

Amanda 从助理那里听到这个消息后，完全不可置信。

褚风怎么敢！怎么会公开说出这样的话！他又不是云修，又不是脑袋被门夹了！从来没见他在自己这里抱怨过，他难道不知道，这是厉睿的命令，之后获益的将是她？而一旦她成为 ESE 的总监，她可以给他更多的机会！更好的角色！

“褚风要离开。”助理小心翼翼地汇报。

“离开?！”Amanda 脸上一层寒霜，指尖却不住地颤抖，“行啊。让他付一千万的赔偿金！否则就别来找我谈！”字字句句，简直是从牙缝中挤出来的。

助理被 Amanda 凶神恶煞的样子吓得磕磕巴巴：“好像……好像，品优娱乐公司，要替他付……”

“——褚风！”Amanda 双眼燃烧起近乎仇恨的火光，她竟被他摆了一道！

那边的褚风刚刚接受完采访，这边的媒体就同时报道了好几则消息。

“封景曾经带过的艺人有……”

“封景所带艺人曾取得过的成绩……”

一篇一篇报道下来，任何一个认识字的人都能明白一件事——那就是，封景带出的艺人，全部红过，有的即使已经过气，但也曾经红极一时！

这表明什么？

这表明封景并非一无是处！并非只会给 ESE 带来负面消息，滥用职权！而在这些报道的铺垫后，是更劲爆的消息：

“品优娱乐决定挖人——曾经的当红偶像，如今的当红总监！”

“皇冠荣耀高薪聘请封景，开出惊天价码！”

“一切负面炒作——只为挖人！”

在这些真真假假的烟幕弹之后，媒体记者一窝蜂地跑去访问 ESE 的竞争对手品优娱乐，以及另外一个唱片界的领头羊：“难道被 ESE 抛弃，爆出无数负面新闻的封景，竟然真的这么抢手？！”

品优娱乐的发言人立刻否定了这件事。但是同时也抓住机会，狠狠抨击竞争对手，暗示他们冷酷吸血，毫无人情味，人心大失！甚至以云修为例，暗示 ESE 极其糟糕，随意“雪藏”艺人！

而皇冠荣耀的态度则要暧昧许多。每当有记者问起，皇冠荣耀就把封景过去的成就大肆夸耀一番，并且表明公司需要这样的人才。记者问具体的薪酬，皇冠荣耀便说：“如果这样的人才真的能到公司，开出的条件绝对优渥！”

虽然也有人质疑，ESE 是拍戏起家，封景带的都是演员，而皇冠荣耀旗下都是歌手，一个带演员的经纪人跳槽过去……难道是当歌手的经纪人总监吗？皇冠荣耀旗下的经纪人不反对？尤其是旗下的王牌经纪人柳章，是什么态度？

但是面对所有的这些质疑，皇冠荣耀要么含笑不语，要么四两拨千斤。

“现在的格局已经跟以前不一样了。我们欣赏有才华、全面的艺人，无论是演戏，还是唱歌。封景过去的成绩，和在演艺圈的地位，足以胜任这样的职位。”

而这边，Amanda 为此焦头烂额的同时，在董事长办公室的厉睿也接到了其他股东的电话，都抗议他的这个决定——这个决定造成人心不稳，被竞争对手质疑公司的形象！尤其是一个姓周的股东，更是大肆反对厉睿开除封景的决定！甚至指责他把 ESE 弄成现在一团糟的样子！那个姓周的股东本身就是一个虐待狂，要不是因为对方掌控着 ESE 近百分之十的股份，厉睿根本不屑同这种人打交道。

“你真的要离开 ESE？” Amanda 闯入褚风的公寓，声音尖锐。

相比 Amanda 的愤怒，褚风似乎早就预料到这种情况，一点也不慌乱，只是点了点头。

“为什么！ ESE 哪里对你不好！你是 Legacy 的队长，公司给你接戏，给你出专辑，到底哪里亏待你了？！”

“不，当然不亏待……”

褚风从沙发上站起来。

他比 Amanda 高出两个头，这样站起来的时候，气势完全不一样了。

“但是封景的事却让我们这些 ESE 艺人心很凉。谁对谁错，大家心里都很明白。只不过碍于 ESE 的威压，大家都不敢说出来而已。”

“封景？！” Amanda 像听到什么好笑的话，讥讽地笑了一声，“别拿他的事当借口！品优娱乐为什么会在这个时候放出消息，为什么会为你支付违约金和赔偿金！明明暗中早就跟品优娱乐谈好了价码，就别在台面上说得好听！

“真的仗义执言，怎么不跟云修一样？！你有那样的正义感吗，你有那样的勇气吗？！封景的事不过是你跳槽的借口！”

到了现在，还在拿封景当挡箭牌！

相比褚风在公开场合为了封景说话，Amanda 更愤恨的是对方竟然背着自己早就跟品优娱乐有了协议！如果她当上了 ESE 的总监，最后得益的是谁？！还不是褚风！可是对方，竟然在这个时候……

褚风沉默了一下。

Amanda 望着褚风，突然有那么一刻，她觉得褚风不再是自己认识的褚风了。

原来她想把褚风培养成谢颐那样的人，复制谢颐的道路——台前有自己的偶像魅力，高高在上，台后却又万分信赖自己的经纪人……在她原来的想法里，褚风比谢颐更年轻，社会经验更少，应该更好掌控。尤其自己是他的经纪人，在 ESE 里处于中管的位置，想要顺利地接商业活动、演出和宣传，对方就必须一直依靠她。但是，好像在她不知道的时候，年轻气盛的褚风竟有了这样沉默和深思的一面……

“的确，我没有云修那样的勇气。所以我只敢在那些艺人发表了联合声明、在确定品优娱乐一定会为我付违约金和赔偿金之后，才敢在记者面前说出那些话。”褚风说。

“但是，那些话却是我真实的看法。

“这件事，ESE 真的做得不够地道。厉睿已经给了封景很沉重的打击。现在又利用整个 ESE 的势力，想把封景的事业、名声也毁了……

“——封景究竟做错了什么？被诬蔑打击的是他！事业、名声，全部失去的，也是他！

“而一个人，心究竟要多狠，才会用这样的手法对待跟随过自己的人？！”

Amanda 的唇动了动，却无从反驳封景的事情。

“我是想跳到品优娱乐。并不是因为 ESE 对我不好，而是，对我太好，好得已经将我未来所有的路都设计好了！演技模仿谢颐，服饰品位模仿谢颐，接的戏演的角色，谢颐都曾经演过类似的。他是我的偶像。可我不能模仿他一辈子！即使我喜欢他，模仿过他，也许现在无意中仍然有被他影响的痕迹存在，可是，我是褚风——褚、风啊！我是褚风，不是谢颐。

“再这样待在 ESE，我只能永远按照 ESE 设计的路走。人气再高，都不会有自主权。因为即使再过十年，我都不可能超过谢颐。而一个靠模仿起家的人，又怎么可能超过真正的本尊？！一直没法超过本尊，就只能永远在 ESE 的安排下，继续复制他、模仿他、再复制他、再模仿他……只要想想，就觉得可怕。这种心情，你能明白吗？”

褚风看着 Amanda 说着，黑曜石般的眼睛，不复刚出道时那样的神采奕奕，而是多了一丝疲倦和沉淀。

演艺圈就是如此。

比普通的生活要复杂得多，可能一个艺人两三年所看到的，所经历的，抵得上普通人多年的阅历。

这是一个让人迅速成熟，以及，更迅速……沧桑的地方。

“我没有告诉你，是因为你一定不会同意。”褚风望向Amanda，“你有你的事业，你有你的目标……我或许是你的恋人，但也是你手上的艺人。”

“你这么说是什么意思！”Amanda往前走了一步，她抓住褚风的衣服，紧紧地抓住，“你这么说是什么意思……”

Amanda的表情依旧高傲，妆容依旧精致，但是她的眼里已经溢满了脆弱。

她怎么可能不知道！

她怎么可能不知道褚风跳槽品优娱乐意味着什么！她是ESE的经纪人，褚风去了品优娱乐，他们怎么可能还会在一起……

恋情怎么可能还会持续……

一直没有说透。

一直想用赔偿金的事情把褚风拖住，正是因为她深深切切地明白，一旦褚风去了品优娱乐——所代表的，不仅仅是ESE的艺人支持封景，主动离开ESE；也不只是Legacy从此将会解散，最高人气组合不复存在；更不只是她办事不力，让手上的艺人跳槽到竞争公司，能力在厉睿那里打负分……

最重要的是——她跟褚风之间的恋情，将彻底结束！

在一半趋于对总监位置的追求，一半为了自己的情人有更好发展的情况下，她狠下心，对过去还是小菜鸟时提拔指点过自己的上司、自己过去暗恋的人，下狠手派记者枪手诬蔑。没想到与此同时，自己的恋人却有了跟她分道扬镳的想法……

Amanda 突然有一瞬间，体会到了封景的处境和心情。

被大众所指，被孤立抛弃的封景，那种陷入绝境的情况其实比她糟糕得多……

糟糕很多。

现在的她，只是看着褚风就觉得眼眶发酸，心如刀割，尽管她极力强撑。

那么封景呢……

“你是不是想跟我分手？”Amanda 用嘶哑的声音问他，佯装镇定，只是抓着褚风衣服的手指，力道却大到将布料扯得变形。

她的声线不再尖锐，而是一种低哑得近乎破碎的声音。

她一直以为自己是无坚不摧的女强人，可是在这一刻，她才知道这种滋味是如此难受。直到这一刻，她才真正明白，被厉睿甩掉的封景有多难受。

可是……

封景还有一个云修敢站出来为他说话，而她，却什么都没有了。

“Amanda，”褚风的眼睛也划过一抹悲伤，“不要太相信厉睿。他对封景都可以如此，对其他人……以后，你自己要多保重……”

回应褚风的，是 Amanda 满面的泪水，以及一记响亮用力的耳光。

过了很长时间。

Amanda 已经离开，但是那一记耳光的红色印记还残留在褚风的脸上，隐隐刺痛。褚风用力抹了下右脸，才拿起手机，拨了一个号码。

“Amanda 来过了……已经跟她摊牌了。”

“那肯定没有什么好事发生。”

“你之前说，有办法将违约金降到最少？”

“你不就是因为这话，所以才会在公开场合发表支持我和要离开 ESE 的言论吗？”对方在电话那边喝了口酒，似笑非笑。

“什么办法。”褚风不想再绕弯子，他的心情依旧沉重。

对方笑了笑。

“品优娱乐的合同，我看过了，可以签。不过对方也许会因为赔偿金的关系，想修改条约，比如多抽佣金，或者加些其他的条款——千万不要答应。

“而且那笔违约金最好不要对方出，你自己来出。”

“但是违约金要一千万！”

“只是名义上的一千万罢了。任何一个律师来打这个官司都可以压到七八百万……不过虽然你违约了，但是 ESE 也同样违约了。”

“ESE 也违约？”褚风微微诧异。

“我记得九月份要安排你们出第三张专辑吧。现在十一月了，却只有一张 EP！”

“……这个理由管用吗？”褚风有些迟疑。

“当初专辑的条约是框架合同内的子合同。同样具有法律效用。尤其你们 Legacy 是一个组合，它耽误的不仅是你一个人，而是你们四个！如果你们一起上告的话，ESE 一共要支付的赔偿金，也有四五百万了。”

“何况，在云修说出那番话之后……”封景像是陷入回想中一两秒，略微停顿了一下，“现在形势已经不一样了。”

“如果你下定决心，我会打电话帮你……跟厉睿谈。最后，三四百万就可以搞定违约金吧。”

“三四百万，也是个大数目。都差不多是我这两年的积蓄了。”褚风掂量了一下，“不过，要想全新的开始，这个价格——值！”

“你觉得值就好。”对方轻描淡写地笑了笑。

“你主动找上我，又这样帮我……”谈到这种地步也差不多了，褚风沉思了一下，还是忍不住开口，“是因为不想让云修一个人陷入这种局面之中吧？”

对方半晌才开口，却只是将话题转移到他身上。

“……你不是也有自己的野心吗？所以才会趁机跳槽。”

褚风明白对方是不愿正面回答。

他的心底有种说不出的感受，一方面觉得云修那样自毁前程的做法很可惜，然而这种可惜中又夹杂着隐隐的敬佩；另一方面，他觉得曾经那样骄傲光鲜的封景，如今被整得那样惨，很可怜……

但直到封景找到他后，他才明白封景的能力其实比他知道的要强大得多。

就像这种合同违约的事情。

在封景手中，何尝不是一个打击ESE的武器，而封景在ESE待了十几年，其中的黑幕、违法、把柄，不可能一无所知……只不过封景在此之前一直没有反击。

或许是对厉睿还抱有最后一丝希望。

又或许是想看看对方究竟会把自己逼迫到何种地步。对于自己所在意的人，如果不是被逼到悬崖边，怎么可能舍得痛手反击。

任何反击，都会伤到他啊。

只是现在，封景看到了。

在受到伤害的同时，封景对其他人更加防范，开始全然不信任。甚至暗地里，已经准备同厉睿玉石俱焚了。

但是云修，却出乎所有人意料，站了出来。

他公开力挺封景的言论，不仅给ESE重重一击，也让封景改变了做法——大抵是这个时候，比起报复厉睿，封景觉得更重要的是护住云修！

因为云修力挺了封景，所以封景说什么也要保护云修。

这两人，没有什么更亲密的交集，然而在相互守护对方的这一点上，却又是如此契合。

仿佛冥冥注定。

而自己，只是封景为了不让云修一个人孤立无援，成为攻击焦点，于是进行利益交换的一枚棋子。

谈不上信任，谈不上朋友。

褚风苦笑了一下，摸了摸 Amanda 扇的那记耳光残痕，如果以后自己陷入封景今天这样的地步，不知道有没有人，会像云修那样力挺自己……

“我说的那些话，不仅仅是出于利益交换。”即使明白封景不会像信任云修一样信任自己，但褚风还是忍不住开口，“在这个 ESE，我最感谢的有两个人。一个是云修，他让我明白什么是演戏。而另外一个，就是你。”

“那次的金柏奖之后，是你让我看到了自己跟云修之间的差距！只可惜，”褚风苦笑了一下，“我做不到云修那样，成为第一个公开支持你的人……”

直到很久以后。

云修跟那个人一起成为了影帝，褚风才清楚自己当初为什么执意要离开 ESE。

不光是一直被压在谢颐的光环下，更是因为云修。

他无法超越的，他想做而无法坦率去做的事情，那个叫云修的人都做到了。

第二章 / 时间的灰烬

封景关了电话。

那天云修回来后，仍然像无事人般的，劝他少喝点酒，给他做香喷喷的饭菜。他依旧拒绝，冷笑，自顾自地喝酒。第二天云修没有去公司，他不觉得奇怪，第三天第四天也没有去，封景随口问到，对方只是微微一笑说“休息”，等到第五天第六天，封景终于觉得不对劲了。

这个时候，他才从网上得知，云修竟然公开地说了那些话！

封景已经是众矢之的！

但是云修却毫不在意那样的说法会让自己也跟着成为箭靶！

封景明白了。

为什么云修不去公司——因为他不用再去了。

他想过很多狠毒的办法报复厉睿。

但是那一刻，他的心情，像是泉眼里涌出温暖的泉水从他心中仇恨的坚冰上淌过……比起那种如同被全世界背叛的憎恨，他竟有种想要落泪的感觉。

在成千上万人的冷漠中，云修一人所给予的温暖，却可以拯救他的整个世界。

他不是不恨厉睿，不是不想报复厉睿。可是现在，被恨意几乎折磨得快要扭曲的封景突然想到一个问题，若是他真的这样做了，那云修怎么办？那这个真心真意热爱演戏，倾其所有，赌上一切只为力挺自己的云修该怎么办？！

他可以自私，可以冷酷，可以跟厉睿斗得你死我活。

但是他不能就这样毁了云修的演艺事业，毁了这样一个真心喜欢演戏的人。

他开始打电话给以前的朋友，让他们帮忙。

最后，那些朋友中一个很有地位的人回电话说："如果我们单独发表声明，支持你，肯定马上就会淹没在其他大大小小的娱乐八卦中，说不定还会被反咬一口。但是，连那个新人云修都能站出来支持你！我们这些长年的朋友，岂会连他都比不上？！所以——我们决定联合发表声明。"

"谢谢。"饶是一向张扬如封景，此时此刻也忍不住感动。

"当然，不用感谢我。我也是会把这个声明独家卖给某个媒体的。他们有了独家，联合声明也有地方发挥它的效用——双赢！哈哈哈。"

对方也是在演艺圈待了多年的老狐狸。

"不过真的要感谢，就谢谢那个敢第一个站出来，公开支持你的人吧！他才是最勇敢的。"

那个老狐狸长叹了一口气。

"像他那样的年轻人……在现在的演艺圈，真的很少见了。"

如果说厉睿在整件事伊始处于极其有利的位置，那么云修的那番话便是反击的第一枪，而随后的联合声明，以及其他艺人陆陆续续的支持，再加上皇冠荣耀和品优娱乐在这趟浑水中搅动，则完全扭转了局势。

不过，这还不够。

即使台面上势均力敌，硝烟四起，但是实质性的问题却丝毫没有解决！褚风的违约金，云修的“雪藏”，他的辞职……

封景躺在白色真皮沙发上，狭长的眼睛微眯，转动着手里的酒杯。

杯子里的葡萄酒色泽鲜艳，气味香醇。

那种被背叛的憎恨，如今想起来依旧觉得难受和耻辱，但是封景发现，他已丝毫没有先前那种一定要置厉睿于死地的强烈想法了。

杀敌一千自损八百……不再是最好的方法。

云修的路还很长，以后会更加出色，甚至有扬名海外的可能。

自己也不过三十来岁。

就算一听见“厉睿”这两个字，心依旧在滴血。但是，为什么要把自己的后半生也赔进去——在厉睿完全毁了他的前半生，让他觉得那么多年的感情简直是个讥讽自己的笑话之后?！

封景一向是张扬的。

但这一刻，他的脸上才浮现出一直以来隐藏许久的孤寂——那种仿佛所有的繁华在幽深夜色中消失殆尽的寂寞。

他把玩了手机半天。拿起来又放下，放下又拿起来。

厨房里云修正在为他做晚饭。

在得知云修被ESE“雪藏”之后，封景努力克制自己，酒少喝了，开始正常吃饭了。以前他和厉睿都忙，各有各的饭局，在一起要么让用人做，要么在高级餐馆解决，直到吃了云修做的饭后，封景才突然觉得，原来家常菜也不错，他很久都没有尝过这个味道了……

云修忙来忙去的背影终于让封景下了决心。

他用力按下号码，等待接通，厉睿的手机彩铃设置的是厉逍现在最新专辑的一首歌曲。

封景听在耳里只觉得讽刺。

他原以为厉睿这两年对自己越来越少的关心，是因为公司规模扩张，工作更忙的缘故。但是对待弟弟，即使身为日理万机的ESE董事长，厉睿依旧有时间听厉逍最新的专辑，下载他最新的歌曲。

越是微小的事情，才越能看出一个人对自己是否关心。

很显然，他没有得到。

“厉睿？”

“……封景。”

“呵呵，是我。”封景回答得很自然，但对方却像是完全没有想到会有这样一通电话似的，一时之间没有接话。

“你决定，辞职了？”不过厉睿毕竟是厉睿，他喜欢掌握主控权。

“辞职啊……”封景重复了一遍，后颈仰在沙发上，似乎有在考虑的样子，“是啊，你之前说，如果我主动辞职，会再给我百分之五的ESE股份当做……补偿？不过，你的未婚妻应该不喜欢这种说法吧。”

“让我想想，叫青春损失费，或者精神损失费，会不会好听些？”封景一边低声笑着说，一边在沙发上换了一个更加惬意的姿势。

“随便你。只要你辞职。”

“果然厉董就是这么言简意赅，雷厉风行。处理私人感情和处理公事一样，手起刀落，连血都不见。不过，你难道不好奇——如果我拥有了ESE百分之五的股份，我会怎么用？”封景像是很困扰般地反问道。

只是他清楚，对方简短的几个字，就可以让他已经逐渐愈合的心再度被撕扯开，鲜血淋漓，连嘴角习惯性的笑意也泛着苦涩。

“……你觉得，送给厉晨如何？”封景似乎在自言自语。

“当初他输得那么狼狈，说不定到现在对ESE还是很感兴趣。毕竟他自己手上也有ESE的股份……当然，这一点你完全不用担心，就算我和他的股份加起来，即使再挖其他的股东，和他们联手……你知道，这些天腥风血雨的，ESE的股票跌了很多。你说，他们会不会有兴趣同我和厉晨合作？

“还有，媒体最喜欢八卦和内幕。你看这几天，他们对我口诛笔伐，故事编得多有想象力……如果，我再把那些不雅照片和视频也发给他们，他们会不会更感兴趣？”封景以一种突然才想起来的口吻说道。

“你到底想干什么？”厉睿再弄不清楚状况，现在也完全明白封景绝对是不安好心。

“不干什么啊。就是把那些视频放到网络，你知道的，这种东西很有点击率，尤其其中一个，还是精明能干的 ESE 董事长。

“啊，对了，再顺便发给你亲爱的未婚妻。你们那么相爱，当然要让对方知道全部的你。”

“封景！”厉睿两个字说得又用力又迅速，是他一贯发怒的前兆，“你到底想干什么？！”

“想干什么……呵呵，你有耳朵，我想要干什么，刚刚不是说得很清楚了吗？”封景低笑道。这样的笑声让厉睿第一次不复往日的冷静。

在厉睿的记忆中，似乎没有拍过这种视频。

但如果是真的……

如果封景真的把这个公布于众，他绝对会一生都陷在这个丑闻里。他从不惧怕其他人对他的印象，但是这种丑闻对于身为 ESE 总裁的他，却是不能接受的。

“你的目的？”厉睿几乎咬牙切齿。

要是真的付诸实施，封景根本不会打这通电话给他，现在之所以说出来威胁他，说明封景还有别的目的。这方面，他非常了解封景。

“第一，放褚风走，不追究违约金和赔偿金。”封景也不再兜圈子，开出自己的价码。

“可以。”

“第二，解除对云修的‘雪藏’！不准为难他。”

“没问题。”

“……第三，我不会辞职。”

“不行！”前两个条件虽然答应得无比迅速，但是这一项厉睿却拒绝得斩钉截铁。

“你接不接受无所谓，我只是说出我的条件。”不过封景却轻笑一声，丝毫没有被厉睿这样的语气吓倒。在厉睿熟知封景谈判模式的同时，封景也同样了解对方的思考方式。

“到底是让我带着ESE的股份，还有其他商业机密，以及‘那样的’视频，跳槽到ESE最大的竞争对手公司……还是让我继续留在ESE？当然，留在ESE的方式有很多种，我相信找出一个合适的理由给你未婚妻，对你来说，根本不是一件难事。

“给你一天的时间考虑。不过话说在前面，我的耐心也很有限！”

封景的意思很清楚。

他的要求只是留在ESE，不包括在此之前的权力和地位，那就自然代表——不会出现以往跟厉睿时常碰面的情况……

厉睿对着手机，正想再说点什么，但是另外一端已经率先将手机挂断了。

他怔了一怔。

这么多年来，从没有人敢先挂他的电话……但是这一次，封景做了。

封景面无表情地挂断电话后，这才发现云修已经将饭菜在饭桌上摆好了，刚才的对话，可能对方都听到了。

“那个……并非一定要留在ESE。”云修若有所思地站在一旁，过了一会儿，才轻轻说道。似乎因为觉得干涉到了封景的私事，所以想努力说得委婉一些。

“我只是咽不下这口气而已。天天待在ESE，那个什么千金，就算不亲自过来，恐怕听到这个消息都会如鲠在喉吧？”封景狭长的眼睛弯了起来，喝了一口酒，又恢复到往日无所畏惧的张扬模样。

“但是那样，感觉很委屈你。”对方的口吻带着心疼。

“没关系。再说，我为ESE付出那么多，为什么要称他们的心，他们说要我走，我就乖乖辞职？！”

封景看了对方一眼。

他当然不会告诉云修，他之所以逼迫厉睿让他留在ESE，更重要的是为了确保云修不会被“雪藏”，更不会受到不公平的待遇。云修不像褚风，已经被演艺圈第二大公司品优娱乐挖走。出了这样的事情，就算厉睿下令解除“雪藏”，也难保合同期内，不给云修暗地里下绊子——而这，才是封景决定再次跟厉睿待在同一家公司的原因。

封景伸了个懒腰，走进饭厅，坐在大理石的饭桌边，拿起筷子：“吃饭吃饭，其他的事情，我来摆平就够了。”

云修笑了笑，突然想到一个问题，他正色道：“那个……那样的视频还是别放了，虽然可以打击到厉睿，但是对你也同样不利。”

封景挑了挑眉，眼神复杂。

他没有说话，只是架起筷子，尝了一块鱼片。鱼片切得很薄，入口又滑又嫩，鲜美无比，可以自动融化一般。

“骗他的。”

“嗯？”

“那个什么视频，是骗厉睿的。根本没有。”

“你？骗厉睿？……”云修有点哭笑不得。刚才他在一旁听到封景那种说话的语气，似乎就是随时抱着玉石俱焚的心态，完全不在意自己会怎么样……

“对，就是骗他的。故意的。一起来吃饭吧。”

封景仰起下巴，狭长的眼睛半眯起，弯成一个弧度。

杜云修还是觉得有点不可思议，微笑着摇了摇头，拉开椅子坐在对面。只是在他看不见的角度，封景半眯起的眼眸黯淡了一下……

巨浪来得快，掀得高。

封景的事情正如火如荼，人们还没完全弄清楚，一个更爆炸性的新闻接着传出——“厉逍和裴清牵手！超人气偶像和天王巨星暧昧不清？”

杜云修得知这个消息后，完全错愕了！

他原本以为是媒体捕风捉影，结果没想到不光报纸上清晰地刊登了两人牵手的照片，电视上的娱乐新闻更有当时的视频！

裴清和厉逍在 KTV 前牵手，埋伏已久的记者们蜂拥而上，对着他们照个不停，镁光闪烁。两人似乎吃了一惊，厉逍随后伸出手，上前企图挡住记者们的镜头。一旁的裴清则低调沉着得多，戴上墨镜，拉过厉逍朝停车位走去……

整个过程，裴清对记者不理不睬，但仅仅从视频中，就可以感受到他身上散发出来的气场，仿佛冰雪中一枝清梅，冷淡却清雅得让人膜拜。

相形之下，厉逍一副潮人装扮，薄唇微勾，带着点坏坏的痞味。

裴清和厉逍是完全不同的类型。但两人在一个画面中，竟有种微妙的和谐感：一个清冷疏离，一个玩世不恭。

似乎，只有裴清才能镇住厉逍，也只有厉逍才能让裴清呈现出跟平常不一样的一面。

裴清和厉逍的人气都是极高，这样的消息才出来一天，就已经完全盖住了封景和 ESE 的新闻，各路媒体全部重点追逐两人的情况！裴清和厉逍什么时候认识的？两人之前各自有绯闻吗？以后还会不会在一起……

在媒体臆测、偷拍、胡编乱造的同时，两人的粉丝更是吵得不可开交！纷纷指责对方的偶像居心不良，是为了炒作自己！而先前沸沸扬扬的封景一事，似乎瞬间便被人淡忘了，开始还有几行小字报道，过了一两天，整版整版都是裴清和厉逍的消息……

毕竟现在的封景只是一个幕后的人物。

当初再怎么大红大紫，也抵不过时间的流逝。

一代新人换旧人，一旦有了更劲爆的消息，过气的那个便被媒体无情抛弃。杜云修心生感慨，当初那样如日中天的封景，如今却是这样的光景。一旁的封景倒是无所谓地喝着酒："这就是娱乐圈。要熬得起，扛得住，忍得下。"

杜云修从封景手中抽走酒杯："你这段时间喝了很多，不要又上瘾了。"

手指碰到手指的一瞬间，有种被电流刺激的感觉。

封景的心顿时跳慢了一拍。

不由得想起被杜云修从夜店带回来的那个晚上。他喝得酩酊大醉，扯着对方的衣服发酒疯，还吐了一身，对方却一直耐心陪着他，安慰他，把狼狈不堪的他弄到浴室，用花洒冲洗了一番，最后还让自己睡在对方柔软的大床上。

这样发酒疯，最后被花洒淋的经历只有两次。

一次是那件事后，他重新恢复了放荡不羁的生活，剩下的……便是这次。

封景的目光从对方修长的手指慢慢移到云修的眼睛。

两人的视线对上了。

气氛一下子变得有些暧昧。

厉睿平日深沉得看不出情绪，但是一旦目光锐利起来，那种压迫感连封景都不敢造次。而眼前的云修，他的眼睛很漂亮，黑得剔透，像是墨石在水中一圈一圈晕染的那种色泽，纯粹得让人忍不住沉沦。

境由心生。

一个人的眼睛可以反射出很多东西。

一般眼睛韵致纯粹到了极点的人，通常都很脆弱，因为经历得少，所以承受能力也很低，需要他人保护。

但是云修却不是。

他的性情比较温和，这样的性格在注重个性魅力的演艺圈似乎毫不出彩，但是对方却总能一次又一次地让人意外……

自己住在对方家也半个多月了。

对方又究竟是以什么样的心情看待自己，为自己做这么多呢?

封景有一刹那很想弄清楚云修的想法。封景狭长的眼睛眯了眯，眼底有暗光流转。他的手正要覆在云修的手背上，家里的电话响了。

“我去接一下。”杜云修没有察觉到封景的动作，转过身去沙发那边接电话。

“……哦，是你啊。”

封景在旁边侧着耳朵听。

云修的声音似乎有些惊讶，然后变得不咸不淡。

“见面？当初发生那件事情，都没见面。现在再见面，有什么意义？”云修的声音透着微微的抗拒。

电话另一端的那个人似乎又说了些什么。

杜云修变得有些动摇起来：“……那你说地点吧。”

两人又聊了一会儿，云修才把电话挂断。

“我要出去吃个饭。中午，你看是自己弄点什么，还是叫外卖。”杜云修交代着。

“哦？跟人有约，谁啊？”封景还是忍不住问。

“……一个熟人。”

杜云修正想跟封景说是“傅子瀚”，但是不经意瞥见茶几上的娱乐报纸版面赫然印着有关裴清和厉逍绯闻的新闻，前世那种血淋淋的教训让他瞬间打了个寒战，背脊都凉了一片，话到了嘴边还是生生改了口。

第三章 / 因他而闪耀

杜云修提前到了餐厅。

这个餐厅是会员制，基本上不可能有狗仔队拿着长镜头在对面偷拍，不过有了裴清和厉道的那件事，杜云修还是觉得不够可靠，执意让服务生换到包间。傅子瀚进来的时候，发现杜云修没有选外面的两人餐位，而是选在包间，心底有点惊讶，但是随即就有些明白了。

“你是在担心裴清和厉道？”傅子瀚脱了外面的大衣挂了起来，走到杜云修旁边坐下，一种熟悉的年轻男人特有的味道像潮水一般涌来。

这个男人身上总是带着一种很好闻的味道。

先前是清爽的沐浴液的气息，而后是极致的 Hennessy XO（轩尼诗）橡木香混着雪茄和香草的味道……

尽管他心里，对傅子瀚在封景陷入低谷时却不出手相救而有些感到失望，可是不得不承认，当一个年轻英俊的男人用带着异国情调的熟稔语气同你说话时，跟对方曾经在一起的那种记忆会无意识地在体内涌动……

那次地震，那个求捐赠的玻璃瓶，那个对方喝着酒在 KTV 等他的深邃侧面……

“嗯。”因为想到以前的那些事，杜云修过了一会儿才回答。

“这个你不用担心。厉逍一直都很崇拜裴清，以前上学的时候，他的寝室里就贴满了裴清的海报。”傅子瀚一边回忆一边说，琥珀色的眼睛因为回想起过去的那段时光，而变得格外不一样。

“他是厉家的三公子。要什么样的艺人会弄不到手，但他就是喜欢裴清，被裴清的嗓音迷得要死！”

杜云修只是笑，不说话。

或许傅子瀚看到的是一面，他在ESE那么久，也看到了厉逍的另外一面。对方才二十出头，顶着ESE董事长厉睿弟弟的头衔，就算不勾手指，都有大批大批的美女愿意献身……而厉逍，明显还没有玩够。

“你知道吗？”傅子瀚正视着杜云修的眼睛。

对方的眼眸像是漂亮的玻璃珠子，在灯光下熠熠生辉，有种说不出的迷人。傅子瀚用那种咬音完全不准的语调，一个字一个字认真地说：

“当你微笑的时候，其实总是在拒绝。”

“这种拒绝，好像一直潜藏在你的体内。”傅子瀚盯着杜云修的眼睛说，“你几乎下意识地，不想跟周围的人关系太好，走得太近。而且，你也很难真正地去相信一个人，尽管你的本性并不多疑。或许，是害怕更大的伤害。”

杜云修听得近乎屏住呼吸。

他没有刻意不去相信他人，或者跟他人保持距离……但是墙倒众人推，前世真的是被踩得太多了。他宁愿一开始就少认识一些人，做好自己的事就够了。

他没有想到，傅子瀚竟会点破他的这一面。

“其实你也很难相信我和厉逍吧。觉得我们就是无所事事，只是玩票的二世祖。”傅子瀚自嘲地笑了笑。

“不，我没有。”杜云修反驳。在一起拍戏的时候，他就清楚，对方不是吃不得苦的太子。

“可你不看好他们。”

“……”杜云修沉默不语，默认了。他的确不看好裴清和厉逍的恋情。

“你应该听听厉逍的歌。”傅子瀚说。

“他以前就很棒，在国外组 band（乐队）也有很多粉丝。而他现在的歌，明显又高出了一个层次！这样的激情，这样的灵感，是跟裴清在一起后才发生的……

“为什么……你那么相信封景，却不肯多相信一些其他人呢？”

傅子瀚琥珀色的眼珠凝视着杜云修，语气却微微有些苦涩：“那次不欢而散后，你一个电话都不给我。如果我今天不打给你，你就永远不会跟我联系了，对吧……”

“到底该说你坚强，还是一个人强撑？”他叹了口气。

杜云修没有说话。

“是不是到现在还在怪我当时没有帮忙？封景跟厉睿之间的感情问题，还有封景的私生活方面，我那个时候的确没有办法出手。当问题白热化，升级后，我让柳章放了两个风声——一个是皇冠荣耀想重金聘用封景，一个是 ESE 的劲敌品优娱乐也想挖人。

“只有一个公司想争封景，ESE 肯定不会在意。但是当皇冠荣耀和品优娱乐，这样的两个大公司都想挖封景走，这个消息一放出，厉睿就算想赶封景走，也要重新掂量掂量……”

杜云修愣住了。

这才明白之前的两家公司想挖人是怎么回事。的确，单个人跟公司拼是绝对拼不赢的。只有皇冠荣耀或者品优娱乐这样的大公司在背后做靠山，才会有讲话的底气。

褚风如此，封景……也是如此。

而这些，竟是傅子瀚在背后默默帮了忙。他却一直不知道。杜云修正想感谢他，傅子瀚却先开口了："我没有实质性地做什么，所以不用代封景感谢我。"

对方完全看透了他。

"倒是，我夹在你和厉逍的哥哥之间，真的很难办，可你都公开力挺封景了，我再不做些什么，估计以后都没有机会跟你一起演戏了……"

"唯有一点，我一直很嫉妒。"傅子瀚的语气有些苦涩。

"你对待封景，比对我还好。你可以那样为封景说话，却在不欢而散后，连一个小小的和解电话都不肯打给我……"

杜云修不知道该说些什么。

以前跟谢颐在一起的时候，做主的那个总是谢颐，而后跟封景相处，对方只比他真正的年龄小两三岁。毕竟是一辈人，沟通起来也很容易。

但是傅子瀚……

他总有种自己年纪比他大，所以应该多照顾对方一些的想法。每当看到傅子瀚流露出苦涩或者那种大男孩般委屈的模样，杜云修就完全没辙了。真的争吵起来，比如林萱，比如封景那两次，傅子瀚不来找他，他也没有主动找过对方。

即使对方表明了心意。

即使自己真的对傅子瀚印象很好，杜云修依旧有种如履薄冰的感觉。不知道傅子瀚什么时候会放手，不知道对方会不会像谢颐那样利用他，然后背地里嘲笑他……

可是，还是想抓住些什么。

就像地震时，傅子瀚揽住他的肩膀，在摇摇晃晃的地面上，紧紧抓着他的手拼命往前跑……

裴清和厉逍的事情被炒了一两个星期。

公众的关注不但没有消停，反而继续飙升！每天打开报纸、打开网站第一眼看到的就是他们的消息！杜云修也密切关注着这件事，不想裴清再变成第二个他。

不过厉睿怎么可能放任厉逍出这种新闻，先前攻击封景的那些主力，全数被ESE召回，并动用了所有的人脉关系，维护厉逍的形象！

厉睿最先想让厉逍否认这件事，但是厉逍死活不同意。

厉睿气得狠狠抽了厉逍一顿，厉逍一边痛得要死，一边朝厉睿吼："反正你都要跟秦小姐结婚生孩子了！我跟裴清在一起又怎样？！"

还敢顶嘴，厉睿想再抽几下。

可厉逍哪里会是乖乖让他抽的人，满客厅抱头逃窜："你自己为了利益踹开封景，现在就巴不得全天下所有人都分手！"

厉睿听后整张脸迅速沉了下来。

鞭子"啪"地扔在地上，这个力道倒是比抽厉逍的力道大得多，羊皮的鞭子紧绷扎实，摔在光亮的大理石上，声音很是骇人。

反倒是厉睿沉默不语。

仿佛几千米压力的海底，听不到一点声响。

隔天到了ESE，厉睿还是命令Amanda把这件事处理好。

尽量不要伤了厉逍和裴清的名声。裴清那种歌神级别的人物，是皇冠荣耀的天王，每次专辑的销量轻而易举就破了百万，代言更是不少，在那些音乐人心目中的地位更是极高的，毫无疑问是对方公司的颜面所在。若是全部将事情撇清，恐怕就真的要跟皇冠荣耀交恶了。

"……那是不否认两人之间的关系？"Amanda迟疑道。

封景那件事她没处理好，之后封景再返公司，仍然是ESE的总监。

其他人都很有眼色，对先前的事情缄默不言，仿佛什么都没发生，对封景依旧是恭恭敬敬、和和气气的。她则被厉睿严厉教训了一番，收敛了不少，胆子也跟着缩了回去。

厉睿不比封景。

封景虽然为人张扬，但是对待下属还是不错的。而厉睿，则让人有种伴君如伴虎的感觉，任何时候都让人提心吊胆……

尽管如此，她还是被厉睿提升为 ESE 的副总监。

明面上只是她被提拔，实际上——却是架空了封景。只是才当上副总监没几天，马上要处理的就是厉道这样棘手的事。这样烫手的山芋让 Amanda 苦不堪言。

“也行。”厉睿点点头。

“可是这种传闻……对厉道的名声……”

厉睿似乎没听到，只是翻着手中的娱乐报纸。过了很久，才语气微妙道：“他不是嫌我管得太多了吗？很好，那我就把路全部给他铺平。”

Amanda 听得一惊，大气也不敢出地站在一旁。

“这个圈子诱惑这么多……”厉睿站起来，冷笑了一两声，高大的身影犹如帝王般冷硬，不可反驳地说，“我倒是要看看——他的自制力能坚持到什么时候！”

杜云修不由得感叹。

裴清和厉道，有皇冠荣耀和 ESE 两大娱乐巨头护航，不消两天，几乎看不到负面的报道。能刊登出来的，要么是相关的八卦消息，要么是暗示这两人很相配。

几个有地位的人更是呼吁，感情问题属于明星的隐私，多关注两人的事业，不要干涉别人的私人感情。台面上的官方发言体面适宜，台下也在为两人营造口碑，引导粉丝，用各种理由维护两人的形象。

不过到底是裴清的年纪要大些，事情到了最后，还是在暗示裴清比厉道年长。万一两人之后发生任何问题，厉道只是年纪小，不懂事，一时“闹着好玩”。

裴清也看到了这些，更明白其中的意思。

不过他无所谓地把报纸往旁边一扔，又去做自己的事情了。事实上，两人的视频被拍到后，裴清除了出入比以往要低调一些，其他方面根本没什么变化。

在这个圈子这么多年，风风雨雨在裴清身上似乎没有留下任何痕迹。

如果说杜云修是感性的，像车祸还有封景的事件，都会让杜云修心情沉重，忧心忡忡；那么裴清则是理性的，该发的声明交由公司的公关部，或者自己的经纪人去发，剩下的，完全无视处理。

毕竟到了他这个年龄，他这个地位，除非牵涉到类似毒品等一些太出格的事，其他的，随便他的对手或是不喜欢他的人怎么说他都无所谓，反正又不会影响到他专辑的销量和私生活。

于是一桩原本可能引发大丑闻的事情，在两大娱乐公司的影响力下，炒了个天翻地覆，不但没有损害到两人的形象，反而把他们的名气炒得更加响亮，一时鼎盛到极点！两个人的一举一动都备受瞩目，成为焦点所在！甚至国外的媒体都有转载，轰动不已！

而在媒体舆论的暗示下，不管这样的行为，到底是为了“真爱”，还是“时尚、潮流”。在圈内人都纷纷表示理解和支持后，裴清和厉逍的粉丝也开始改变看法，不再相互指责对方的偶像炒作，一些人把这当成“很炫很酷”的一件事，对他们更加崇拜！

皇冠荣耀的算盘打得很精。

在明白局面得到了控制，裴清和厉逍的人气再次高涨之后，立刻着手安排裴清的亚洲巡回演唱会，甚至放出了首场演唱会的嘉宾极有可能是厉逍的消息！

这时候举办演唱会果然轰动全国！

首场演唱会的门票不出两小时就已销售一空，再次打破纪录！黄牛票的票价更是贵得离谱，到了一票难求的地步！皇冠荣耀脸面有光，更是觉得不久前力挺裴清和厉逍的决策万分正确！

杜云修知道这件事尘埃落定后，心里松了一口气，为他们两人感到高兴。

不过，这样的心情却被傅子瀚的邀约打散了。

杜云修发现，傅子瀚似乎总能给他惊喜。他以为不过是去吃顿晚饭，结果傅子瀚开车转来转去，等杜云修下车时，才发现这是裴清开演唱会的地方，今晚是裴清的首场演唱会！

傅子瀚领着杜云修到了 VIP 贵宾席。

这个地方正对舞台，离得很近，视野很好，看得很清楚。

离演唱会开始只有几分钟。

台下的观众喊得热火朝天，纷纷挥舞着手中的荧光棒，期待不已。在一片黑压压的人群中，那种兴奋期望的心情像是醇厚的烈酒，散发出浓烈的芬芳味道，醉人不已……

馆厅的灯忽然全数熄了下来。

安静温柔的黑暗中，听众们都屏息凝神，似乎都明白要开场了……

不知道是谁，突然开口喊了一声：“裴清——”

普通的声音。

在静谧的黑暗中却显得悠远而清冽，仿佛是从天外传来，简简单单的两个字，却饱含着那种抑制不住的真挚崇拜。像是在所有人的心尖上滑过一般，引起无数的回响。

依旧是在黑暗中。

杜云修听得见傅子瀚在他身旁浅浅呼吸的声音……

眼前突然一亮。舞台上灯光绚丽，烟火齐放，响起令人激荡的音乐，在一片热烈如雷的欢呼声中，裴清穿着精致华丽的舞台装自上方从天而降！现场欢呼声一浪高过一浪！

裴清开始唱歌。

那样具有贯穿力的嗓音犹如天籁，从耳边拂过时整个人的感觉都不一样了。

千万双眼睛盯着裴清。

因他的一句话、一个小动作、一首歌而心旌摇曳。

连杜云修也被这样的气氛感染了。任何一个明星，无论是歌手，还是演员，都需要一种气场存在。他原先不清楚那是什么东西，但现在在台下仰望着裴清，杜云修却隐隐约约感觉到了。

舞台很大很华丽，dancer（舞者）的舞技一流。

裴清甚至不像时下年轻的偶像歌手，劲歌辣舞，频繁做出一些撩人调情的热辣动作，吸引眼球。

可是，任何人的视线都无法从他身上移开。

有一种人就是如同天神一般。

他站在那里，舞台那么大，却因他而闪耀。

没有人敢逾越。

一首歌接着一首歌。

台下的观众听得如痴如醉，掌声雷动。灯光突然一变，到了嘉宾的时段，裴清没有介绍，但是音乐响起来的时候，耳尖的粉丝已经猜到了——就是厉逍！

厉逍从舞台圆心升起。

那是一个升降台，快到台面的时候，他以一个极炫的姿势跳了上去，那样轻狂帅气的动作立刻就引来观众席一片尖叫声！

只有裴清，神色未变。

两人将厉逍的一首歌进行了改编。这是一首节奏感很强烈的歌曲，但是现在又升了一个调，唱到高潮部分时，裴清的声音突然加入进来，那样清亮华丽的高音以一种不可思议的穿透力回响在整个场馆中。

仿佛希腊神话中的海妖，听得人神魂颠倒，魂魄都快被勾走了。

前半段一直进行得很顺利。

但是到了后面，厉道兴奋过头手一挥，用力过猛，麦克风直直飞了出去！

这首歌是厉道主唱。

没有麦克风就只剩下伴奏，裴清觉得不对劲，转过头一看，厉道一脸无辜地比画了一下，示意自己手中没有麦了。

裴清临场经验丰富，见厉道手中是空的，立刻就知道了怎么回事。

只是停顿了一秒钟，裴清就走了过去，靠近厉道，两人合用一个麦克风唱了起来。

这样的举动，立刻就让观众席沸腾了！原本只是听闻这两人的暧昧，现在则是在大庭广众之下暧昧！被这么多人看到，以后就是想推得一干二净，也做不到了！

杜云修惊得一身冷汗，有一瞬间心悬得老高。

裴清，你知不知道你在做什么！

裴清的经纪人连忙从后台跑了上去，递给厉道一支备用麦克风。厉道却不接，执意要维持现在这个样子。经纪人急得没有办法，裴清看了厉道一眼，只是淡淡地笑了笑，朝经纪人说了句话，对方只得摇着头快速退场。

尽管是在VIP的席位上，杜云修也只能看到裴清的嘴形动了动，听不到到底说了什么。但是裴清刚才那样看厉道的眼神，已让杜云修明白，一向冷漠的裴清是真的动情了。

“他们的感情很好。”傅子瀚在杜云修耳边说道。

对方离他很近，虽然四周都是欢呼尖叫声，傅子瀚的声音还是稳稳的、很清晰地传了过来。

杜云修身上一半冷，一半热，说不出是什么感受。

他既羡慕这个时代能这样大方接受裴清和厉道之间的暧昧，又隐隐带着担心。

现在这样高调，真的……以后不顺利了，会是怎样的光景。

周围晃动着的荧光棒，在杜云修眼里，渐渐跟前世的镁光重叠，傅子瀚察觉到了杜云修的情绪有些不对。在其他人没有注意的时候，伸出手想去握住杜云修的手，杜云修犹豫了一两秒，想要挣脱开来，却被对方紧紧握住，再挣脱，再次被握住。

傅子瀚的脸庞逆着舞台的灯光。

从杜云修这个角度望过去，只有一双琥珀色的眼睛格外透亮。舞台上，裴清和厉道依旧靠得很近，合用一支麦克风唱歌……

杜云修却突然心慌不已。

第四章 / 中医世家

跟傅子瀚之间的事情还没有解决，ESE 这边已经开始安排他演今年的电影，给了好几个剧本让他挑。如今褚风已成为品优娱乐旗下的演员，厉逍只是玩票，Legacy 里的另外两人藤泽和蔚逸飞演技不够，谢颐主攻国际，其他的艺人人气和演技都不及杜云修。

整体看下来，ESE 里也只有杜云修称得上是后起之秀，潜力无限了，而先前的“雪藏”也随着封景事件的结束而结束，公司似乎没有再为难过他。

但杜云修心底明白，这全是因为封景的缘故。

虽然现在他名义上的经纪人不是封景，但这段时间接的每个合同、活动和代言，封景都会先看过。

他最先不知原因，直到封景笑着挑明：“你只不过是一个新人而已。就算不雪藏，用其他的方法也照样可以让你以后在演艺圈里混不下去。跟政治相关的活动，一定要慎重再慎重！有多少艺人毁在合同上。我先把把关，如果真的有问题，难道还想他们再闹一场吗？”

封景的这话倒是另有所指。

自从上次跟厉睿闹崩后，即使坐在总监的位置上，封景也不把自己看成 ESE 的员工了，一方面是已经被对方架空，另外一方面他也不再留恋。如果 ESE 真的为难云修，他倒不怕再次爆料，把之前的事情拿出来炒。

这样一提，杜云修也想起来。

的确有好几个明星，因为没有签好约，要么跟公司闹僵被“雪藏”，要么跟公司打官司，赔了几百万。这方面，封景真是比他细心多了。

相较于去年的不知所措，杜云修今年的选择面更广。

一来是上一次担纲主演的《唐云起》票房很不错，影评界一致看好；二来是金柏奖的最佳新人奖在身，演技备受肯定，人气渐稳。

再加上前些天的封景事件，尽管杜云修当时的行为，被有些媒体称做“刻意炒作、心机颇深”，但是却让原本支持杜云修的粉丝更加拥护他了。而圈内了解此事的，即使没有在台面上表现出欣赏和赞同，暗地里也感叹他的人品。

封景给他选了几个剧本，杜云修一一看过，却不是很满意。

或者说，觉得不是很适合自己。

那些剧本其实没太大问题，毕竟是封景挑选的，角色还是有出彩的地方，情节也有可圈可点之处，也不算太商业化，仍然跟第一部一样，在商业化和文艺之间有比较好的平衡点。

只是……没有突破。

要么是以往那种温柔却坚定的形象，要么是冷静睿智的性格，而这些他都演过，在重生前的十几年里演过，在现在这些《The Legacy》、《GIB》（Government Issue Boys，政府特工）、《唐云起》里也演过。

演戏演到了他这个阶段，需要的不是重复和巩固，而是突破和挑战。

杜云修揉了揉眉尖，有些伤神，尤其那天跟傅子瀚不欢而散的回忆时不时地浮现在脑海里。

封景端着一杯酒，挑了挑眉，有些意外："怎么？没有看中的？"

"这几个不错，只是……我想多尝试一些不同的东西。"

"你在这个圈子才两年多，虽然人气很高，但是根基并不稳。在追求自己梦想的同时，也应该兼顾一下实际情况。万一这一部砸了，下次再接电影，就不好跟更有名气的导演接洽了。"封景以过来人的身份提醒道。

"接第一部电影的时候，你不是让我胆子放得大些吗？"

"此一时彼一时。那时你是新人，就算真的砸了，也有理由，也有ESE护航。现在你手上有最佳新人奖，就应该走得更稳健一些，在稳健中挑战自己！否则步跨得太大，到头来很有可能会摔下去。"

"就算摔下去了……再爬起来不就行了吗？"杜云修朝封景微笑着。

如果是以前，他可能就听从公司的安排了。

但是现在，似乎在封景一次又一次地"点拨"他——"在成为实力派艺人之前，先成为当红的偶像明星，要学会运用身为人气偶像的影响力"——之后，杜云修觉得自己比以前逐渐多了几分自信。

虽然并不会在外表上显露出来，但是他隐隐约约有一种感觉，自己更适合哪个路线，跟小助理，跟其他艺人之间的关系要怎么处理。

只是这些都是在公事上，在私人的感情方面……他始终拿捏不好。

见云修有了自己的主张，封景也不便将自己的意志强加于对方，只是轻轻地摇了摇头，然后走开。过了几天，杜云修从另外的剧本中挑了一个，一脸惊喜地来到封景的办公室："我要演这个！"

"嗯？"见对方那么高兴，封景也很好奇挑的是什么剧本。

"这个——《中医世家》！"杜云修心情激荡，他很久没见过这样的剧本了！

不同于时下的爱恨情仇，或者特效动作大片。

《中医世家》着眼于中医在时代变迁中的种种遭遇。从晚清的德高望重，到战火纷飞时的悬壶济世；再到中医受到西医的排挤，甚至一度被认为不科学，没有医学根据，陷入存与废的巨大争议之中；再到最后重新被世人接受，成为东方独特的传统医学！

而这一切，则通过一代名医殷观棋跌宕起伏的一生来表现。

整部电影从殷观棋的出生开始，讲述他的童年、少年、中年以及老年，一共四个有代表意义的阶段，几乎每个阶段，就是一个时代的开始或者湮灭，时间跨度非常大。

十一二岁时，殷观棋家是中医世家，每天慈善堂外慕名前来就诊的病人络绎不绝。这样的情况，让年纪轻轻的殷观棋产生一种小小的叛逆，成天在外面打架，不求上进，更不用心学医。父亲检查功课时，殷观棋连经脉穴位都拎不清……

然而幸福的时光总是短暂的。

少年的殷观棋原以为自己会跟家人一起快乐地度过这一辈子。父亲、爷爷在慈善堂给人看诊，贤淑的母亲细心照顾家人，一日三餐做得好好的。家庭和睦，其乐融融。但是八国联军入侵，爷爷无故被杀，一家人跟着父亲背井离乡，躲避战火。一路上死伤无数，医者父母心，即使父亲已经体力不支，还是拖着劳累的身子，给人看病……

那个时候十六岁的殷观棋才开始痛恨自己。

当初为什么没有好好学医，为什么现在无法帮助父亲，无法给其他饱受痛苦的人看病，自己明明是名医之后，明明家中的医书有一屋子……

“你决定演这个？”封景还真的有些吃惊。

“嗯！”比起不擅长的武打戏，其实杜云修更喜欢这种具有文化内涵的剧本。

或许最开始进入这个圈子，只是单纯喜欢演戏，热爱演戏，什么角色都想尝试，但是渐渐地，待了这么多年后，会产生别的想法，会开始产生一种……社会责任感。

通过这样的角色，要传达给大家什么？

这样的电影，到底要表现一种什么精神？即使只是简单的父子情、兄弟情，可能都比耍帅耍酷要好。

“除了童年时的小演员，这个起码要从十六岁一直演到五六十岁。这样的跨度……”并非封景对云修的实力有所质疑，只是任何一个人从通常层面上来看这件事，都会犹豫。一个刚刚进入演艺圈才两年多，才二十几岁的年轻人，如何去驾驭这么大的年龄跨度，如何精准地呈现这么大的心态转变！那是只有积累了很多生活阅历的老戏骨才接得下来的戏！

“我对这个角色很感兴趣。我觉得我能演好。”似乎明白封景的犹豫所在，杜云修浅浅笑了笑，但是语气中却有一种“我有这个演技”的信心。

封景微微一愣。

现在的云修，比第一次面试的时候，好像多了很多东西。眉宇之间有种让人无法忽视的……气场？

是，对方的确是形成了属于他自己的气场。

虽然还不够强大，不是一眼就能感受到的，但已不再是没有个性的艺人——而是逐渐拥有自己特色气场的明星！

封景狭长的眼睛眯了眯。

他心中突然有种奇怪的想法，就算自己现在是云修的经纪人，或者以总监的身份命令对方，对方也未必会改变主意。

现在的云修，已经不是经纪人就能左右的了，也不会再看别人的脸色行事。

“这个剧本是不错。当初没有找给你，一个是年龄跨度的问题，刚刚已经谈到了……”封景两根手指虚托着下巴，眼神一变，“另外一个，我要先提醒你——这个导演是何导，他的名气和地位不小，在圈子的分量很重，但是这几年，他的作品逐年减产，尽管名气还在那里，但是票房未必比一些新锐导演的好。”

票房不好，是件很严重的事情，这会意味着很多……

杜云修低头沉思了一会儿，然后才抬起头，望向封景的眼眸，清澈而干净：“我还是想演这个——我喜欢这个剧本。”

有资历的导演果然很不一样。

杜云修才进剧组短短几天，就立刻感受到了。先前拍《唐云起》的时候，连导更注重的是拍摄时画面的美感，以及后期制作时的特效、音乐。而这次的何导，则在杜云修一进来的时候——就给了他三四部厚厚的医书。

“先好好看，了解了解我们的国粹。中医的流程和知识必须掌握！”头发已闪现银丝的何导不笑的时候，看上去非常严肃，“过几天，小李还会带你去个老中医的家里，好好观察他是怎么给人看病的，有不懂的地方，就向老中医请教！”

前期的准备，是一部电影塑造角色的开始。

而一个人物的塑造离不开“理解人物、体验人物、体现人物”这三个过程。只有真正做到了演员和角色的统一，艺术和生活的统一，体验和体现的统一这“三个统一”，才有可能饱满地刻画一个人物。

在演《唐云起》的时候，所有的背景资料都是架空的。

杜云修也无法去“体验”真正的将军是怎么样的感觉，过着什么样的生活，所以他只能先去理解这个人物。比如，唐云起跟其他人物之间的关系，是仇恨，还是相互理解。还有，这个人物生活的环境、成长的背景。

因为没有实际的生活体验，所以杜云修充分发挥了演员的“三种素质”，即理解力、想象力和表现力。通过对虚构人物的艺术理解，转化为具有艺术魅力的真实的人物形象。这其中，靠的就是杜云修的独特想象力。

只不过，在这些虚拟的想象中，杜云修自己又做了其他的功课，参看了很多古代的人文风俗，礼仪形态的书籍。在现存的相关记载上，进行二次想象，这样营造出来的感觉比凭空想象的，更加真实！

尽管当时的连导没有要求他们做这些。

而何导跟连导就明显不同。

首先，何导对演员更严厉。因为现在很多年轻演员不喜欢通过“体验角色”的方法来“体现角色”，而是按照一成不变的程序化形式，去宣读角色的台词，在圈子里这种行为被称为“匠艺派”。

于是何导就干脆直接命令你做功课，派人联系好地方，带你去体验实际的生活和观察原型！

其次是在造型上。

电影的造型主要是通过摄影造型、美术造型以及演员造型三部分来完成。其中摄影造型是指取景、光线、色彩等；美术造型则指布景、服装、道具等。在架空历史的《唐云起》里面，服饰和道具都是臆造的，没有任何考据，但在《中医世家》中，每一个物件、摆饰，都是极其用心的，具有典型的晚清和民国时期的风格。

杜云修在心底隐隐敬佩何导严谨的同时，何导也观察着这次的主演。

在圈子里待了这么久，何导感受很深，这个圈子的新人是一代不如一代。

以前的老演员是多年磨成的演技，浑身都是戏，多才多艺，这些才艺相互影响，相互作用，演员们信手拈来。现在年轻的后辈，没有经历过大风大浪，就迅速被公司捧红，演技是“飘”的。

就像浮木，只能浮在水面上，就是沉不下去。

开拍的前两天，何导特地约杜云修“讲戏”，一方面是告诉对方，自己拍摄这部电影的意图，一方面，是想看看杜云修这个年轻人到底对角色理解了多少。结果何导听完后愣了愣——对方还真下了不少苦功！不仅自己给的相关书籍资料全部看完了，在那个老中医那里也学得有模有样，摆起中医的架势，还真的有几分高深的名医感觉。难怪上次小李回剧组，笑着说：“云修现在在那里足以以假乱真。那个老中医的很多病人，看到云修的架势，差点以为对方也是位名医了！”

不过何导并没有把对杜云修的这份满意表现在脸上。

因为他心底更清楚——这部戏最难的，不在于中医的神似，而是在于“一次性记录的瞬间表演”！

一次性记录的瞬间表演。

简单说来，就是在同个场景中，将所有发生在此背景下的戏份一次性拍完，避免剧组补拍造成的人力物力，以及资金上的浪费。

例如，慈善堂这个大环境，尽管年代不同，但是杜云修戏中的爷爷、父亲，都有在此给病人看病的戏份，因此场记做好记录后，便可以开始分切拍摄、非顺序性地跳拍。

在何导的精益求精下，道具组对每一个布景都相当讲究。

单是这慈善堂，就是专门按晚清时期的照片复原的，其中的一些椅柜，现做太新，于是花钱从其他地方购买、租赁，或者做旧，呈现出来的效果也很有年代感。古色古香的中药店挂着一块“慈善堂”金漆隶书横匾。门外贴着一幅“人参鹿茸”“精制上药”的八字楹联，清俊隽永，带着两分贵气。

踏入药铺，正厅挂着山水画，摆放着供求诊人休息的酸枝台椅。左手边靠墙的地方请了一尊药王神农氏的神台。除了平日的祭拜外，学徒的拜师仪式也在此进行。选择吉日，以三牲礼拜，再由殷观棋的爷爷发一封红包，才算做礼成。

中药店的分级很严格。

学徒是最低级的，往上分别是：打杂、尾柜、二柜，以及头柜。在殷观棋幼年时，家族很兴旺，慈善堂光是打杂的学徒就好几个。

头柜和二柜主要负责买卖药材。台柜上放着算盘、分戥、药盅、铡刀等工具，后面竖立着高约一米二的百子柜。顾名思义，这种木质药柜约有一百个抽屉，里面装满各种药草，用毛笔小楷写了小签子标在小抽屉外侧，最常见的是“八珍”——川芎、当归、熟地、白芍、党参、白术、茯苓及甘草。

镜头一开始呈现的，就是淡淡的中药氤氲中，学徒忙碌的景象……

年幼的殷观棋很是顽皮。

每次父亲让他好好学医，把草药洗、焙、晒、铡、刨一遍，最后殷观棋总能把草药碾成渣渣。

镜头一晃。

年幼的殷观棋在碾磨的过程中变成少年，但依旧是对中药医术不在心的模样……

不过这个镜头只有几秒，因为接下来就是战火纷飞的剧情，以及几年后殷观棋成年了，拥有了自己的药房的事情。

何导喊了声“Cut（停）！”

场记立刻记录，拿起数码相机，对着演员们拍了照片。在过去，为了防止后面续拍的戏份穿帮，每次都需要记录演员的服饰配件。现在有了相机之后，则直接拍照存图。等到下一场连续性的戏份开拍时，造型师便可以对照此次存档的照片装扮。

杜云修也趁机酝酿了一下情绪。

刚刚的那个镜头，只拍了一两分钟，主要是表现殷观棋无忧无虑中带点小狡黠的少年模样。整个眉眼都是轻松飞扬的，没有经历过一点儿的沧桑。

时光在他身上呈现出来的是朝阳般的生气与美好。

这跟杜云修比较沉静的性格不太相同，但是杜云修演得却很自然。身为演员，除了揣摩不同的人物性格外，多思考，多观察，也很重要。

就比如刚才拍摄的那个心理状态，杜云修就参考了藤泽和蔚逸飞的性格。

年轻，有活力，顽皮。

平日观察不同性格的人在不同情况下是如何反应的，通过组合、吸收、思考，在相似类型的角色基础上，再融合自己对这部剧的理解，以角色的性格揣摩剧情，再次演绎，填补细节，塑造具有自己特色的人物……

下一场将要跳拍的是殷观棋在自己开设的中医店铺里面的剧情。

那个时候他的家族已经没落了，爷爷被杀，父亲劳累而死，临死前紧紧握着殷观棋的手，在他手心上写下“悬壶济世”四个字……

在最后的剪辑中，何导在这里插入了将近七八秒的战争场景作为影片跳转的衔接。

大量的爆破，无数人的死伤，残垣断壁，硝烟滚滚……

杜云修仰头望去，天空是苍茫茫的一片灰，唯有冒着黑烟的战火还在延续着，看不到尽头，仿佛一条没有希望的路。

周围原本应该充满着嘈杂声和背景声。

但是何导让剪辑师将全部的声音都消退——只留下杜云修的旁白。

悲怆的战火下万籁俱寂。

“那个时候……我才明白。过去无忧无虑的日子是真的一去不复返了。尽管我心底从来不愿意相信。过去的无知和自大化为人生的悔恨。我看不到眼前的路，在没有希望的国家。可是……还是要走下去。作为医者，走下去。”

杜云修的声线不像裴清那样具有强烈的穿透力。

可是过硬的台词功底，融入深刻的情绪后，就形成了一种强大的渲染力。尤其是字和字之间，词与词之间，那种拿捏，那种衔接，那种轻重缓急的把握度。即使是挑剔的何导，日后在媒体面前也这样评价道：“我从不认为年轻的演员能把如此关键的台词一气呵成。但是云修做到了！他不仅做到了，还令当时剪辑室里面的每一个人为之动容。”

少年的镜头拍完后，道具组的人员连忙按照导演的吩咐，重置场景，重新照明布光。

先前兴隆的慈善堂，经过道具组的布置后，变得冷冷清清，落寞残破。只剩下一个老旧的百子柜，几把有点残破的木头椅子，一副战火洗劫后的惨淡景象。

何导坐在监视器后，通过窗口看了看，觉得满意后微微点了点头，叫了一声："Action（开机）！"

这边的杜云修正穿着一件青灰色的长衫，在台柜前，用分戥称了两钱的草药。在家族还没有衰落之前，这种事是尾柜做的，但现在世事萧条，慈善堂就算勉强重新开张，也只有他和一个小哑巴学徒，这个十来岁的孩子，还是殷观棋从战场上捡回来的。

光线暗淡。

跟先前明亮的暖色调相比，何导现在把影片的基调换成了冷色系。

这时一个三四十岁的中年人从门口往里探头，他衣着寒酸，上面都是破洞，缝补了好些回，一看就是一穷二白的贫穷百姓。

他畏畏缩缩的，眼中流露出一种渴望，和长年窘迫生活下的自卑。

小哑巴看到了对方，却不想告诉殷观棋。这个大夫总是救治一些没钱看病的人，攒下的钱全部用来换成草药，结果自己的生活都难以维系。

对方小心翼翼地走入了慈善堂，但还是惊动了正在包草药的殷观棋。

这个时候镜头给了个特写。

杜云修渐渐抬起头，视线从手上的分戥移开，看了一眼门外。

昏黄的光线打在他的脸上，衬得他的鼻梁如山峰一般挺直。此时的杜云修经过造型师的化妆，肤色变得微黑，眼睛却很有神，低调、瘦削、沉静，生出一种无法言喻的特别。

少年和青年不一样。

少年还没长开，所以线条都是柔软的，显得几分青涩。而到了青年，他的轮廓会变得硬朗很多，柔韧的感觉转为透着沧桑的成熟。那种转变就像青涩的小马驹变为高大的骏马。

要抓住这种不同年龄段的特征，全凭造型师的功底。

这次的造型师也是一流的老手，只是场景转换的这一小时，就将少年不识愁滋味，无知又自大的公子哥，装扮成亲眼目睹战乱流离伤亡、因此变得瘦削而沉闷的青年。肤色更是细致地进行了调整，从当初成天待在大宅的白皙，变成经过日晒雨淋的微黄色，这正是角色逃离战火、背井离乡时的外貌变化。

灾难和挫折永远是让人成长的最快的方法。

杜云修见到那人之后，手上的动作稍微顿了顿，然后连忙让小哑巴把病人请了进来。寒酸的中年男子有点受宠若惊，表情惊喜中又带着些战战兢兢。

那个中年男子是个龙套角色。助导挑选的演员还是有一定功底的，只是镜头感却不是十分强。从进入中药铺这几步，身后的摄像机一直紧跟着他，但那人除了注意自己的表演状态外，却没有意识到要配合摄影师的步调。这样很容易造成拍摄上的技术性违禁。

通常在现场拍摄时，特别要注意这样几点：灯光、摄影机的移动范围，以及移动速度。一旦脱离了镜头，导演那边的监视器就看不到你的身影，或者破坏了导演原本构想的场面设计，那就要重新拍摄。

因为没有注意到周围的设备，那个中年男子到了台柜前，竟遮去了杜云修大部分的光源，甚至还挡到了杜云修的镜头！

老戏骨对镜头和灯光非常敏感，深知什么样的角度，什么样的光源下，拍摄自己的效果会是最好的。因此，一些喜欢欺压新人的老手，在跟新人对戏时，除了在台词上做变动，还会在镜头上做“手脚”，利用道具遮挡对方，让自己的镜头尽可能多地出现在观众面前。俗称“抢戏”。

尽管观众可能没有觉察到，但一般意义上，撇开角色的重要性和塑造，镜头中出现得越久，停留的时间越长，观众的潜意识里会对这个角色记得更深。

眼前这个演员虽然没有要抢戏的意思。但是监视器后面的何导已经微微蹙眉，助导见何导神色不对，正要场记举板提示，杜云修自己已经先动了！

——只见他招了招手，让小哑巴把针灸包拿过来。

这是剧本上没有的内容。

那个小孩子明显一愣，毕竟只有十来岁，见杜云修说了剧本上没有的台词，一时之间不知如何反应。

而就是这一两秒的时间。杜云修已经改换了自己的位置，重新站在了镜头和光源最适当的地方，巧妙地将中年男人带来的不便化解了。这只是个小小的细节，却让助导松了口气，隐隐产生一种这个偶像演员应变很是灵活的看法。

演小哑巴的孩子依旧没反应过来，愣了一下，才用疑惑的眼神望向何导。

助导非常了解何导的性格和脾气，见何导依旧看着监视器，眼皮都没抬一下，连忙摆了摆手，表示“没事，继续演”——因为镜头始终在杜云修身上，没有做过切换动作，其他人的表演是否脱节也就无所谓。

这个念头一闪而过，助理突然惊讶地看了一眼云修。

难道就是因为这个原因……所以那个饰演主角的云修，在知道小演员有可能无法及时反应的情况下，才会加那样的台词，出现剧本里面没有的剧情……

这样的举动的确只是细枝末节。

但是对方却在转瞬之间，将所有可能的情况考虑到了——镜头、灯光、剧情，以及其他演员的状况！那不光是在用脑子表演，更是用心在表演。

如果说，导演是一部电影的掌舵者，操控所有。那么眼前的这个演员，不但对镜头有着高超的掌控力，还非常清楚地领悟到了导演的意图和心态，于是才敢这样笃定——即使增加了那句台词，小演员不知所措，导演也不会喊“Cut”。

第五章 / 封景探班

与此同时，这边的杜云修仍然扮演着他的角色。

脸上完全看不出刚刚那个转变对他的影响，仿佛还是剧中那个瘦削且低调的殷观棋。他的话不多，中年男子描述完症状之后，只是稳重地点点头。跟少年时张扬马虎，喜欢指手画脚的做派大相径庭。

真正内行的，是稳当当的一桶水。修炼不到家，又喜欢随口发表意见的，才是晃荡荡的半桶水。

杜云修让对方掀起裤腿，仰卧式躺到旁边的平床上。

他看了眼针灸包，里面放着常用的九针：镵针、员针、鍉针、锋针、铍针、员利针、毫针、长针和大针，然后取出一寸半的毫针。

杜云修端着针柄，眯眼冥思了一下，然后运指力于针尖，中指端紧靠穴位，指腹抵住针体中部，将毫针刺入主穴中脘、章门、脾俞，以及配穴三阴交、梁丘……一连飞快地扎了十几针，没有丝毫的滞针和弯针的现象！

杜云修指实腕虚，气随人意，取穴更是以“大、小、缓、急、奇、偶、复”为原则。如果内行人来看的话，绝对会惊讶他持针的手法，“手如握虎，伏如横弓”，极其标准而自然。

在场的工作人员一时之间都看呆了！

甚至有那么一刹那都在怀疑这个演员其实就是中医吧！不然怎么可能又快又流畅，气至即达，简直是出神入化！

影片里，按照中年男人的描述，对方是肠胃有问题，也就是现在的胃溃疡。

杜云修虽然表面上看起来扎了很多针，实际上却不会对演对手戏的演员产生任何不良的影响。他要制造的只是一大排闪着银光的毫针，插在对方身上——一种殷观棋术业有专攻，已经今非昔比的效果。

除了台词外，还有什么会比实际行动更有说服力呢？

不过，这还没结束！

针灸分为针刺和灸法。杜云修又拿出以艾叶为绒的艾条，点燃后，悬于穴位上一寸到一寸半之间，这样的距离正好可以防止烫伤。所有的动作一气呵成，犹如行云流水之雅。

即使有些剧组工作人员不知道这部戏的全部内容，不知道杜云修现在饰演的这个角色医术小有所成，也清楚地明白这个角色肯定医术不凡！心中更暗暗惊叹，原来这就是中医，这就是针灸，这就是国粹——古老而神秘的魅力任何时候都可以让人叹为观止！

这场戏下来，杜云修表现得低调寡言，台词并不多。

但何导已明白，这个演员已经顺利进入殷观棋青年时的心理状态，非常分明地将少年时和现在的形象区分开了。

因为云修的眼神从头到尾是沉的，稳的。

是那种在灾难和挫折中磨砺过后的沉着冷静。不再是上一场戏份中，那个张扬顽皮，眼睛明亮的少爷模样，因为被爷爷宠溺着，不知疾苦，所以天不怕地不怕。

这组戏拍得还算比较顺畅，很快就过了。

剧组再次抓紧时间改换布景，移动灯箱和机械设备，准备拍下一场戏。

杜云修坐在另外一边，造型师在给他重新设计造型。下一场的跨度更大，是从二十多岁直接跨到五十多岁！一下子过了整整二十多年，这中间殷观棋名气渐渐出来，街坊邻里赞不绝口，提起他就提到“神医”两个字，也有人送“妙手仁心”“回春妙手”“悬壶济世”的横匾。但是最终却在西医兴起后，被打上没有科学根据、迷信的烙印，一度只能被称为“中草药贩卖者”，连“中医”“医者”都没有资格叫。

“云修，你是不是学过中医？看你刚才的架势，很厉害啊。”这次的造型师是圈内有名的BoBo（波波），经验老道，才华更是不一般。大家都尊称一声“BoBo姐”。导演能请到她来做造型，也很满意，人物造型绝对有保证。

“只不过皮毛而已，多亏了何导把我送到一个名医那里培训。”

“难怪。何导是个对细节很讲究的人，我以前跟他合作过几回，就算有些东西很难，他还是希望演员能更真实地表演出来。”BoBo笑了笑，也就不再惊讶云修刚才的表现，看来只是随便演演而已吧。

杜云修明白BoBo姐是在解释何导的严厉。

其实这一点，从进入剧组第一天何导丢给他一摞中医书时，杜云修就看出来了，对方是个端正严谨的导演。也正是因为这个原因，所以他在那位中医那里学得很认真。

何导仅仅知道他将那些专业书看完了而已。事实上，他私底下还买了针灸常用的七十二穴位人体模型，先在模型上实验，然后又在自己身上试针。最开始扎不准穴位，进针手法也不高超，甚至引起过晕针的呕吐感……

“要是你是真的中医就好了，我的小腿总是水肿得厉害，还想找人针灸一下。”BoBo姐半开玩笑半认真地说。女性长时间站立，或是经常穿高跟鞋，下肢很容易水肿。

“可以在三阴交、公孙、阴陵泉三个穴针刺一下，一两分钟就可以见效。艾灸的话就稍微慢一点，二三十分钟。”

“三阴交？”BoBo 有些好奇。

“就是内踝四横指三寸处。”

BoBo 正在弄花白色假发的手顿了一下，不由得有些失笑。现在的年轻人都是些花架子，喜好安逸，不比他们这一辈吃得了苦。没想到现在还会有这样谦虚的。嘴里说只懂皮毛，可当她说出水肿的症状时，却能如此专业而迅速地回答。

原来她也有看走眼的时候……

场景再次变化。

慈善堂的情况没有好转，反而变得更加恶劣。百子柜被翻得乱七八糟，一些珍贵的杜云修花了很长时间辛辛苦苦才找到的药材被人恶意地扔了一地，其他的柜子椅子更是东倒西歪……

快五十岁的殷观棋头发花白，脸上都是老人斑，孤零零地站在被破坏殆尽的慈善堂里。

一群小孩子没心没肺地笑着，走过中药铺的时候，一边唱着童谣，一边捡着小石子兴奋地朝里面砸来。开始只是漫无目的，后来他们胆子大了，嬉笑着以半悬在空中的横匾为目标。

当初别人赠送的“妙手回春”匾已经被人拆下来，从中间劈成两半，只剩下最后半块“悬壶济世”摇摇晃晃，像是秋风中最后一片落叶。

孩子们天真地笑着，一枚又一枚石子朝那块匾飞去。终于，匾掉了。

“悬壶济世”的横匾，重重地摔在这个满目疮痍的中药铺中，沉重的声音不断回响……

发现自己砸中了的孩子们在旁边爆发出欢悦的笑声，咯咯笑个不断。

唯有殷观棋弯下腰，轻轻地摩挲着上面的四个字，指尖慢慢地、一笔一画地描绘着这几个字的轮廓。

他父亲临死前，曾在他掌心中描绘过的四个字——悬、壶、济、世。

殷观棋的背弓着，肩膀像被这沉重的生活压弯了一般，头发花白而凌乱，心底千疮百孔。

他手指颤抖，一时间老泪纵横。

殷观棋抱着残破的横匾，泪水无声无息，却又汹涌地从眼角滑落。他的人生，实在压抑得太久，到现在似乎连悲伤和伤痛都不知道该怎么发泄了。

小孩子们再次好奇地围过来。

不知是谁，又扔了一块石子过来，这一次狠狠地砸到殷观棋的额头，猩红的鲜血从花白的头发中滴落。孩子们尖叫一声，跑远了……

摄影师按照分镜的脚本，用了一个远镜头。

在残破的慈善堂中，老年的殷观棋双肩颤抖，背部佝偻，紧紧地抱着那块“悬壶济世”的横匾。

全场安静无声，溢满了凄凉的气氛。

直到何导喊了一声“Cut”，大家才仿佛重新回到了现实世界，没有慈善堂，也没有殷观棋。只是不知何时，大家的眼角已经隐隐带泪。

工作人员借着手中的事情调适心情，一致觉得编剧安排得太惨了。

唯有何导不动声色地看了眼正在卸妆的杜云修，花白的假发第一个被拿下，随之其后的却是杜云修挺直了腰身，舒缓下双肩，他的肩线又平又直，完全是那种模特般的衣架子。

这，才是年轻人的状态。

但是在刚才，除了被BoBo安了假发，贴了皱纹，画了老人斑，这个演员还刻意佝偻着背，缩着肩，凑着眼看东西，双手发抖——双腿也在发抖，这一切——驼背，含肩，老花眼，甚至连神经都不再协调，是只有老人才会有的特征。

何导无声地点了点头，眼里流露出一抹满意的光芒。

短短的一天之内，在少年、中年、老年，三个跨度快速地切换，在没有前后剧情连贯酝酿的情况下，能够迅速进入到这样的状态，准确地表现出不同年龄段的人物心理和特征——他对云修，非常满意。

一切都在紧张而忙碌地拍摄中。

有时一天光是化妆的时间加起来都要三四小时，一些东西弄在脸上加上长时间的拍摄，更是不舒服。但是杜云修没有抱怨，即使是为数不多的休息时间，也拿着剧本反复地研究，揣摩人物。

除了，偶尔会想想傅子瀚怎么样了。

进入剧组差不多一个月了，对方没有只言片语传来。杜云修也曾打过傅子瀚的手机，却是柳章接的，说傅子瀚正在日本拍偶像剧，女主角是皇冠荣耀旗下的歌手，人美歌甜，非常可爱，被粉丝们称为甜蜜教主。

虽然柳章没有再说其他的，但是语言之间却……让人觉得隐隐的暧昧。

杜云修挂断电话后，发了一下呆。

不知道怎么的，想起傅子瀚曾经对他说过的话。

"你也很难真正地去相信一个人……尽管你的本性并不多疑。或许，是害怕更大的伤害。"

"……为什么，不肯多相信我一些呢？"

很多时候，那些人对他说的话，以为他都忘记了。

其实他都记得。

不久之后，封景探班。

尽管几个月前封景的事情闹得众人皆知，但是那些剧组的工作人员对封景还是相当客气的。毕竟封景在这个幕后待了这么多年，地位、能力在那里。谁敢确定日后就没有事情需要找他引见、帮忙了？尤其是 BoBo 姐，这种在圈子里资历更深的，一见到封景就热情地过去打招呼。

“小封啊，好久没看到你了！最近过得怎么样？”一边说一边用手挑了挑封景的头发，嘴里啧啧道，“你真的没有专门去保养头发吗？比女星的头发都好！又长又滑，细得跟生丝似的。幸好你不再拍戏，否则那些女星都要妒忌了。”

封景眼睛弯了起来，唇角微扬：“那就让她们去妒忌吧！妒忌完了，再专门找 BoBo 姐你求助！”

BoBo 姐听得满脸笑容。

寒暄之中，又隐隐觉得封景跟过去有点不太一样了。

以前对方太自信，太完美，张扬之中还带着点傲气。也许是“辞职门”事件造成的影响，封景现在虽然还是自信，还是张扬，但那种傲气就像是钻石的原石被打磨过了一般，扎人的棱角变成了闪亮的光泽。

这边的杜云修刚一收完工，就感觉到剧组里面的气氛完全不同了。

有好几个工作人员围成了个圈，众星拱月似的，一脸的仰望、崇拜地看着里面的人。杜云修心里正在诧异，会是谁？

对方似乎感受到了他的视线，伸出了胳膊，朝他招了招手。

白色的衣袖，手腕上是镶钻的名牌腕表，手指修长而白皙，指节像玉石一样漂亮。然后那人的身体侧了侧，探出一张蛊惑迷人的脸来。

一切像慢镜头似的——先是如缎子般的黑发，然后是一张略显阴柔，带着张扬的脸。

眉毛高挑，眼睛细细长长，含着笑意。

白色外套里面是件酒红色丝光的 V 领衬衫。这样的颜色太过亮丽鲜艳，不是人人能穿，但是封景就是把它穿得好看而又嚣张。

如果这时有人问杜云修，什么颜色能形容封景。

那此刻的杜云修一定会回答:“酒红色。”

张扬、迷人，神秘不羁的酒红色。这个颜色，才最像封景。

“修。”封景喊了一声，右眼下方的泪痣闪着微光。

杜云修一瞬间有种惊艳的感觉。

他以前仅仅觉得封景长得好看，只是那种好看中隐隐夹着一丝凌厉，所以他信任封景，却又保持着一定的距离，也因此，封景长得再如何，杜云修都没有细细看过。但是现在，在戏棚下，封景身边还站着其他的人和演员，杜云修的眼帘却只被封景一个人占据了。

封景微微一笑，态度举止大方，随便一个动作就看得人赏心悦目。在外人眼中，丝毫不受之前事件的影响。

杜云修站在那里，眼神一柔，不由自主地应了一声:“阿景。”

那边的何导也收工了。

“何导。”封景立刻打了个招呼，语气恰到好处，热情，却不过分讨好，含着几分尊敬之意。

一旁的何导笑了笑，主动走向封景。

在过去的十年中，他有三四部电影是跟ESE合作的，所以对封景比对云修更熟。

“来探班?”何导嘴里这样说着，眼睛却看了一眼云修。

封景迎上去，杜云修跟在后面。

“是啊，特地过来看看何导您的，您还是那么严谨啊!刚刚大家都在底下说，对您很是佩服，从您这儿，光是态度就学到不少。”封景开口道，见何导没有说话，显然是默许了这种说法，于是侧过头看了一眼云修，“怎么样?演得如何?可别辜负了何导对你的期望啊!”

从先前跟其他工作人员的交谈中，封景就猜得出，云修的演技很受肯定。

不过何导这种老导演不会主动夸一个年轻演员，尤其是不熟悉的演员，以免日后被媒体利用，反而成了经纪公司为其造势的工具。但他现在看得出，刚才那番话，何导自己的神情也很自豪。因此趁热打铁，明着是问云修，实际上是……

果然，何导接口，第一次正面肯定了杜云修。

“他很不错！现在的年轻演员能像他这样的，很少见啊，不，几乎是罕见了！现在都快成了我们整个剧组的中医了。大家没事，还跑他那里去扎几针，不比外边的医生差。”

导演夸奖演员的话，封景听了很多次。

最深刻的是他自己第一次演技受到肯定的时候，最难忘的是他手下第一次带的艺人被其他导演表扬的时候，但是这一次，封景有种比自己被夸还高兴的心情。

封景转过头，正巧撞上云修看自己的视线。

对方同样是欣喜中带着兴奋，兴奋中夹着一种会更努力的志气。封景有种完全被云修感染的心情，一时之间也更替对方开心。

“大家都收工了吧？一起去外边的餐馆吃个饭，大家都辛苦了，这段时间为了这部电影，尽心尽力！尤其是何导！我请客。”

封景对着剧组工作人员的方向喊了一声，大家自然是一呼百应，纷纷答应。

在酒席上封景一杯接一杯地敬过，何导、副导、助导、场记是专门一对一敬酒的，其他人虽然没敬，但也有一桌一桌敬到！这场探班，封景并没有说是专程来探云修的，但是全剧组的人却明显因为封景的探班而对云修的态度更好了，剧组中也到处都是对云修赞扬的声音，之后更有其他的记者探访，剧组的工作人员差不多都反映，云修这个演员为人很不错，演技很棒！

一番酒敬下来，即使杜云修不善交际，也明白封景之所以放下 ESE 总监的身段，做这种经纪人和助理才会做的事情——完全是为了自己……

宴席散去之后，杜云修和封景在拍摄基地的街道上走了一会儿。

微风徐来。

封景的轮廓在月光下显得很是柔和，杜云修动了动嘴唇，几次想对封景说感谢的话，最后却没有机会说出口。

因为封景先开了口。

“傅子瀚的爷爷去世了。现在皇冠荣耀群龙无首，有几个亲戚闹得很大，都想夺权。”

第六章 / 葬礼与奇招

封景临走前对他说了一句：“想打电话就打吧。他……现在，也不好过。”

封景的语气与平时没有什么区别，只是，看着他的眼神中似乎带了点苦涩，但杜云修此时却无暇去细想封景的一举一动。

杜云修拨着电话，脑袋里思绪杂乱。

上次地震，他是见过傅公的，对方虽然位高权重，深不可测，但对傅子瀚却是极好。旁人只能窥探的真情和疼爱，全部放在了傅子瀚身上。

那种孙爷俩之间的感情任何人见了都会羡慕。

傅子瀚也曾告诉过他，他父亲花心，情妇一堆，从小是爷爷在照顾他。他唯一尊重的人，也是爷爷。现在傅公去世……

对方的手机拨了好几次才接通，依旧是柳章接的：“傅少现在不在，有什么事情我替你转告他。”

“让他接电话。”

“傅少不在……”

“别给我来这套！”杜云修声音加重。

这种经纪人接电话，假装当事人不在的伎俩，他是真的见得多了。上次不拆穿，是给对方留面子。

“怎么会呢？你跟我们傅少的关系，我心里清楚。当然，也只有我知道。毕竟我是他的经纪人，这点蛛丝马迹都发现不了，我也白混这么多年了……”那边的柳章圆滑地笑笑，丝毫没有因杜云修的口气而恼羞成怒。

杜云修心一紧，不过随后发现柳章是在故意转移话题。

“我……听说了那件事。”杜云修也意识到先前的口气有点冲，缓和了一下，“他现在，还好吗？”

那边停顿了几秒，似乎有人在跟柳章讲话。过了一会儿，柳章才叹了口气：“等一下，我把手机交给傅少，你们自己聊。”

电话里一下子安静了许多。

深邃的夜晚，只听得到信号“哧哧”的声音，整个人的心仿佛都被无限放空。在这通电话没打之前，杜云修有很多话想对傅子瀚说，但对方真的要接电话了，脑海里反而一片空白。

他，有这个资格和立场安慰傅子瀚吗？

“阿修。”还是那种带着异国情调的腔调，两个字都咬不准音，只是熟悉的声音里更多的是陌生的、从未有过的疲倦。这样的故作坚强，自己怎么会听不出来？

“你还好吗？”“你爷爷的事情我也很难过。”“节哀。”很多很多话语，杜云修都想说。

可是话到嘴里的那一刻，又觉得分量太轻、太平常。跟傅子瀚失去至亲的沉重悲恸相比，是那么的微不足道，根本无法填补失去亲人的悲痛。

“……难受的话，就说出来。”杜云修终究轻轻说，“我们一起分担。”

傅子瀚在那端过了一两秒，才说道：“谢谢你的关心。”

在对方响应之前，杜云修的心悬得很高，在亲耳听到傅子瀚道谢之后，空悬的心降落原地，然后……生出一种无法描述的感觉。

就像那时他看着傅子瀚和他爷爷交谈，那种亲密交融的气氛自己完全插不进去。

现在这声道歉，虽然礼貌，但仍然有种距离感。就像，他和傅子瀚之间的现实距离。杜云修后面的话都被这声道谢给堵住了。这才发现，他跟傅子瀚之间，有很多东西，对方是无法跟他说的。就像傅公去世，他不是第一个知道。而他亦有很多，没有办法告诉傅子瀚，比如他真正的身份，他过去的事情。而唯一能说的，那些安慰的话语，其他人肯定已经对傅子瀚说过很多次了……

“事情总会过去的。你自己要保重。”杜云修最后只能这样说道。

电话那边没有声音传来，杜云修等了一会儿，正准备收线，傅子瀚的声音突然响起。

“我觉得很累。我没想过，爷爷他会这么早就……他的身体一向很健康的……

“好多事情，爷爷的葬礼要忙，帮派那边，公司几个元老都有小动作，还有那些女人的孩子，居然想要扶柩！……”

杜云修这才明白傅子瀚说的是他父亲私生子的事情。

傅子瀚的父母早已离婚，两人都是情人不断，艳遇不停。只是碍于傅公的面，傅子瀚的父亲才没有带那些情妇回家。现在掌权的傅公去世，那几个私生子想要扶柩，实际上就是要认祖归宗，以后皇冠荣耀的财产他们也能分一杯羹。

光是这些家事就乱如麻，杜云修几乎可以想象到其他的事情。

家奠、公奠、出殡，灵堂的布置，吊唁人员的安排，尤其是傅公的双重身份，一方面是皇冠荣耀的总裁，肯定会有不少明星艺人前来；另外一方面是先前的灰色地带，毕竟早先是在黑道打拼的，肯定也有不少有“交情”的人参加，而一旦有黑帮出入，警察局那边肯定会戒严……

再加上皇冠荣耀那边的事情。

傅子瀚的父亲是花花公子，能力不行，所以傅公在将权力下放给他父亲后，又一度收了回来重新掌舵，并亲自培养傅子瀚。但现在傅公突然撒手人寰，傅子瀚的根基未稳。

只要这样一想，杜云修都能感受到傅子瀚的压力。

“要我过来吗？虽然我未必能帮很多忙……”杜云修试探着开口。

对方迟疑了一会儿，最后说道：“我……不想让你看到我狼狈的样子。公奠的时候，再过来吧。”

杜云修还是照常演戏，但是休息的时候也学会用手机上网看网站上面的消息。

傅公去世的消息果然往后压了几天，大概一切都准备妥当了，才向媒体正式放出。一时之间，新闻界又像炸开了锅般，铺天盖地都是傅公往生的消息。随便点开一个网站，就能看到他的专题报道，他年轻时混迹的黑帮，他洗白后投资的皇冠荣耀，他传奇般的一生。

所有人都凑热闹般关心的是这个昔日黑道大佬传奇般的艳遇、辉煌、权力和遗产。

唯独杜云修，更关心的是傅子瀚。

——这个承担了更多压力，要以长孙和皇冠荣耀继承人身份来处理一切事物的傅子瀚。

媒体每一则新闻，每一张拍摄的照片，杜云修都细细看过。

到了公奠前几天，杜云修特地向导演请假。何导有些意外，对方是宁愿生病都不愿意耽误开工的敬业演员，怎么却会因为皇冠荣耀总裁的葬礼而请假？

何导打量了杜云修一番，却也觉得对方不像是要巴结什么人的样子。虽然当下疑惑，但还是放行了。

与此同时，跟杜云修一起去的还有 BoBo 姐。

BoBo 姐早年给皇冠荣耀的歌手们做造型，能到今天这个地步，皇冠荣耀也是帮衬过的。

傅公的灵堂花了将近两千万。

人工雕云龙的四根巨大圆形柱，中间两根圆柱之间，悬挂着一张傅公笑容慈祥的黑白照片。圆柱和圆柱中间全部用白色的菊花填满，一直铺到下六层阶梯，看上去庄严肃穆。

送殡仪式上，皇冠荣耀的艺人，以及其他在演艺圈有头有脸的巨星，一一前来赠送花圈和挽联。接着是一批一批穿着黑西服、白衬衫的帮派人士到场，上香、鞠躬和拈香，向傅公进行最后一次的致礼道别。

由于前面追悼的人物分量颇重，不仅媒体记者蜂拥而至，挤得水泄不通。就连警局也严阵以待、荷枪实弹，成立监控小组，并派出造价千万的 SNG（卫星新闻采访车），通过卫星同步监控灵堂的实时画面，以防局势失控，或者黑帮暗中串联。

公奠之后接着是出殡。

傅子瀚捧着傅公的遗照，身后护灵的人选有傅公的好友，也有皇冠荣耀的元老。送葬队伍一边前行，一边沿途散着银纸，后面跟着两排身穿黄色僧衣的喇嘛诵经祈福。

杜云修看着傅子瀚披麻戴孝，眼睛红肿，强忍悲伤。

对方不再是以往英俊的形象。无论是发型，还是其他，都没有打理过。即使明知道自己还是艺人，明知道会有无数记者摄影师拍摄。杜云修第一次觉得傅子瀚这么真实。

也许只有傅公才能让傅子瀚流露出这么真实的一面。

直到日落西山，傅子瀚才从安葬的纳骨塔回来，灵堂的人已经全部散了，只剩下惨白的菊花在风中瑟瑟发抖。风吹起一阵一阵的凉意，偌大的灵堂空寂无声，唯有杜云修在一旁的角落等着傅子瀚。

然而傅子瀚脸上的表情除了悲伤，更有着一种浓浓的焦急。

柳章跟在他身后，也是神色焦虑！

杜云修觉得气氛不对，想了想，还是决定上前询问。

两人犹豫了之后，才告知他，原来当初跟傅公打拼的有个叫洪三的，先前傅公资金不够找对方借了一笔大款子，现在傅公去世，对方带着弟兄前来要账。加上这十几年来的利滚利，结果变成了巨额，对方嚣张的要求以皇冠荣耀 50% 的股权抵偿！

傅子瀚气得不轻。

这笔款子的确存在，但是傅公已经还清，当初也是有见证人的。只不过那人如今移居美国，洪三以为对方死了，傅公去世，无人对质，便来欺负小的。

那人其实没死，傅子瀚好不容易联系到了，对方也答应前来吊丧兼对质。如今洪三步步进逼，今晚又要闹场，那人却在前来的途中失去了联系，眼见时间临近，就连天不怕地不怕的傅子瀚和见过无数世面的柳章也不禁焦躁了。

杜云修听完之后，隐隐约约想起了一件事，试探着问："那人……是不是叫唐齐石？"

很多年以前，林萱似乎就是被那个叫洪三欺负的。而最后让他住手的那个人，他到现在都记得很清楚，因为对方的衣着气质，那种犹如深海坚冰的感觉，并非一般人可比！

杜云修话一出口，傅子瀚和柳章齐齐愣了一下，这种黑帮内幕基本上属于绝密，唐齐石这个名字根本不是杜云修这种年轻人会知道的。

"也许……有一个办法。"看着两人急得快要跳脚的样子，杜云修沉吟着开口。

虽然，要冒很大的风险。

洪三带着兄弟来到傅公的灵堂。

十几年过去了，当年帮中的兄弟有的尸骨无存，有的进了监狱，到死也未必能出来，还有的成就大业，各奔东西。唯独他，混了这么多年，越混越差，到头来仍然守着块不大不小的地盘，靠收收保护费，聚赌，让手下拉一些女的去夜店做小姐，勉强过日子。

突然听闻傅哥去世的消息，洪三也很惊讶。想起当年傅哥手起刀落的那股狠劲和戾气，他跟在后面当小弟，见识得一清二楚，心生感叹，这样的人也会死于脑溢血。但是感叹过后，这些年专走歪门邪道的洪三便打起了其他的主意……

灵堂里空空荡荡。

只剩下白色的照明灯高悬，四周摆满了洁净肃穆的菊花，两根圆柱之间挂着黑白色的遗照，里面的人慈眉善目，看不出一点煞气。

傅子瀚和柳章换了一身黑色西装，伫立在灵堂前方一点的位置。

洪三眼睛一转，踱着步子，慢慢走了过去："小傅呀，节哀顺变……傅哥在天之灵也会看着的。"

洪三年过五十，身体发福，腆着个啤酒肚。脖子上和手指上都是很粗的金链子、金戒指，看上去财大气粗，市井无赖般粗鲁，但是一言一行之间，却端着长辈的架子。

傅子瀚冷声："多谢关心。这里的一切，我爷爷都会在天上看！"

洪三搓着手："那是那是！你是傅哥最疼爱的孙子，我们这些叔叔说什么也要帮衬的。以后有什么事，只管来找我洪叔！毕竟皇冠荣耀我也有一份嘛，啊？"

洪三脸上带笑，说得是亲切无比，一边说一边回头看了看身后的弟兄，那些人见惯了洪三的脸色，一个眼神就明白该做什么，立刻点头哈腰，跟着附和道：

“我们洪爷一向为人公正，傅少你就放心吧！”

“是啊是啊，有了洪爷在，傅少就安安心心地演戏做明星吧！公司里的事情，交给洪爷就好了！”

这些人就没洪三那么客气了，语气轻佻，嬉皮笑脸。

尤其是说到“明星”那两个字，有种在讽刺傅子瀚这种大少爷只会当戏子，对公司管理一窍不通的意思。

傅子瀚脸色铁青。

倒是洪三见好就收，轻轻训了那些人几句，然后转过头：“小傅呀，虽然傅哥不在了，但是他之前借的那笔款子……不收回来，我没法向兄弟们交代啊。”

傅子瀚冷声：“笑话！我爷爷那笔钱早就还给你了！”

虽然是扯不清的乱账，但是该扯的还是要扯。

洪三“嘿嘿”一笑：“现在的小娃娃就是这样不懂规矩！小李，把借条拿过来！”旁边的小李连忙递过借条。

洪三拿在手里，在傅子瀚面前晃了晃：“白纸黑字！写得清清楚楚！本来看在你是晚辈的分上，让几分利也没有关系！但是……拒不认账，不要说是丢你爷爷的脸，就是道上知道了这件事，也是站在‘理’这一方的！”

“当初的借条爷爷是来不及收回，不过那笔款子，可是当着唐叔的面还给你的！”

“唐……唐齐石？”

“正是。”

“呵呵，好笑！难道我一个长辈还会诓你？！借条就是借条，真凭实据。”洪三也不是不害怕，但是转念之间，马上恢复了老奸巨猾的模样。唐齐石当年的确一直压了他一头。除了傅哥，他最怕的就是唐齐石，那人太冷静，太阴沉，让人搞不懂他在想什么。不过自从傅子瀚的爸爸结婚后，那人就离开了这里，出国了，再也没有听到音信。他就不信，真的这么巧，傅子瀚能在这短短几天内把唐齐石请过来。

“是吗？”傅子瀚冷笑一声。

“大家别争了。把唐先生请过来，不就一清二楚了！”柳章打着圆场。

“……也好！”洪三脸上一僵，随即应道。

就算，就算唐齐石真的来了，事隔这么多年，难道自己还会怕他？！

傅子瀚和柳章对视了一样。

灵堂上方搭台上的照明灯突然哧哧闪了好几下，忽明忽暗，忽亮忽熄，大家都没防范，一时之间在这种气氛里瞥到惨白的菊花和遗照，阴森森的，心跳加速了几分！

“啪——”两盏大的照明灯突然灭了。

只余下另外的两盏，刚刚还是敞敞亮亮的大厅一下子暗了很多，光线不再那些清晰。

“唐齐石在哪儿？”洪三也是惊了一惊。不过身在黑道，杀人越货，他什么事没见过，岂会被这种场景吓倒，定了定心神后，便开口问道。

“唐叔……不就在那里吗？”傅子瀚往旁边的角落指了指，语气恭恭敬敬。

洪三顺着方向望去。只见不远处的座位上，的确有一个位置，跟其他都不相同。

有个人坐在那。

更准确地说，那人裹着一件灰色长款水貂狐狸领皮草大衣，坐在那里。皮草大衣上的毛柔软顺滑犹如天鹅绒，微微闪着贵气神秘的银光。

在绒毛领间，露出尖尖的下巴和小半张脸，脸色苍白，戴着墨镜。

那人脸色苍白，似乎常年都带着病，所以即使现在这个季节，也要裹着皮草大衣。对方只是安静地坐着，手里托着一个天青色茶盏。

但是仅仅因为那个人的缘故。那一排的座位，不，应该是那块地方，整个空气的感觉都不一样了。

洪三心中一紧。

唐齐石。

只有唐齐石才会带来那样的感觉。

第七章 / 黑暗中的预兆

当年的唐齐石身体一直不好，畏寒。整个人也阴阴沉沉的，尤其喜欢那套仿古的做派，看上去就跟其他人不一样。

洪三不是跟他没有杠过架，偏偏没有一次能占上风。

因为那人残酷起来，就连他也胆战心惊。但是，眼前的这人真的是唐齐石吗？毕竟……他们快十多年没见了。

“唐哥……没想到傅哥的葬礼你也来了。”洪三立刻换了脸色，朝唐齐石走去，想过去看个究竟。

洪三一边笑，一边伸出手，想拍拍对方肩。

那人缓缓地抬起头。

皮草大衣的领子遮住了他的小半张脸，领上的细毛又滑又顺。虽然依旧看得清轮廓，但是比当年的感觉要沧桑许多。只是气势没有丝毫改变。在他伸出手想要拍唐齐石肩膀的同时，墨镜后面透过的眼神，又利又锐，一瞬间像尖利的冰锥一样射过来，洪三的手当场就悬在空中，顿了一顿。

那一刹那的感觉就像在千里艳阳上的一抹寒冰。在阳光的炙烤下，突然反射了一下剔透逼人的光。虽然转瞬即逝，但是透骨彻寒。

等洪三反应过来，再望向唐齐石时。那人已收回了刚才那种眼神，墨镜之下阴沉沉的，不再尖锐如匕。仿佛一切只是他的错觉，什么事都没发生过一样。

洪三收回手，缓了缓神，“嘿嘿”笑了两下，一边给自己找个台阶，一边暗中打量着唐齐石。

气场还是当年的那个气场。

只是墨镜遮着眼睛，看不清容貌，虽然有八成像……

洪三眼珠转了转，从上打量到下，视线又落在对方捧着茶盏的手上。唐齐石的手指极细，极长，捧着一盏云破一方的天青色茶盏。

洪三看了看唐齐石的手，再看了看傅子瀚。

不说容貌，那双手的确是只有自己这个年龄才有的。没有年轻人的修长有力，多了些松弛的褶皱。

“唐哥，那笔款子是我和傅哥……”洪三一边观察，一边开腔。

唐齐石没有说话。

只是捧着茶盏，轻轻品了一口。一时之间，洪三的注意力集中在了对方的动作上。

茶盏一看就是精工。

一盏、一盖、一碟，雨过天青色，茶托呈莲瓣纹，盏与托的莲瓣相辅相成，温沁如初开之莲，静谧中透着些低调与神秘。

洪三的目光转移到唐齐石托茶的动作上。

他以前觉得唐齐石端着茶盏只是做做样子，自己年轻时也故意装模作样地弄个这种杯子，拿着喝过。

几日后，傅子瀚的爷爷才笑着说：“小三，你看小唐是怎么端的，你是怎么拿的？”

他自己一直都是大拇指弯曲起来，从上方扣住茶托边缘，下面以食指的侧面顶住。但是直到傅哥提点，洪三才注意到，唐齐石跟他的端法完全不一样——对方是手掌持平，以食指、中指的指腹托住，茶托的边缘以大拇指夹住。这才是最正式的茶盏端法。

记忆仿佛被打通，一下子回忆起很多年前的小细节。

洪三眼皮一跳，目光凝聚在眼前这人端茶盏的动作上——完全一模一样！就算眼前这个人，因为过了这些年老了，但是动作没却有丝毫差别……

就在这当下，就在“唐哥，那笔款子是我和傅哥之间的事情”这句话还没说完时，对方“哼”了一声。声音冷冷的，有种令人不寒而栗的味道。洪三顿时如被冷水泼醒，目光所及的，是唐齐石极细极白的手指，在这阴冷暗淡的光线下，仿佛死人般的苍白，阴瑟瑟的瘆人，好像一股冰水的凉意渗进了骨头里……

洪三心一惊。

多年来对对方形成的惧怕已经让他形成了下意识的反应。

“当年那笔款子是还了一些……但是兄弟们也要吃饭……”洪三连忙补充，气场顿时弱了一些。

“那笔款子爷爷早就还清了！”傅子瀚在一旁开口。

“你这个小辈，插什么嘴！”洪三道。

旁边的唐齐石把茶盖“啪”猛地一放。茶盖、茶托、茶杯，三个齐齐一碰，声音清亮中带着一股寒意，连洪三也被这个突如其来的动作吓了一跳！

只见，唐齐石抬起胳膊，朝傅子瀚勾了勾手指。

对方一个不经意的小动作，傅子瀚却无比恭敬地走了过去，显然对唐齐石非常之尊重。

洪三望向唐齐石。

对方戴着墨镜，姿势也没有什么改变，根本无从琢磨对方的情绪与心思……但就是这无从琢磨，更让洪三心里没底。

唐齐石似乎对傅子瀚附耳说了些什么。

傅子瀚点点头，神情尊敬无比，等到唐齐石说完后，才走到洪三面前，态度变得嚣张傲慢起来，跟之前的忍气吞声判若两人，没有一点点恭敬。大概是有唐齐石撑腰的缘故。

“唐爷说了，让你把借条给他看看。”

洪三迟疑了一下，然而眼前的青年，眉目中带着鄙视，琥珀色的眼睛里更是透着一种轻蔑。

这一切，像把火在刺激着洪三。

即便原本不想上交的洪三，也意气用事，将借条给了傅子瀚。上面白纸黑字，又不是他作的假！难道敢在他面前玩什么花样？！

傅子瀚接过借条，表情微微一变，松了一口气。

只是洪三仍然火大，没有察觉这个变化！待借条呈到唐齐石面前，洪三见唐齐石一边看，一边微微点了点头，又跟傅子瀚交谈些什么。他正以为对方是确认笔迹，没想到——唐齐石忽然撕起了那张借条！

“你干什么？！”洪三心里一急，扑过去想抢。

没想到唐齐石的动作更快，薄薄的一张纸，撕起来用不了几秒，等洪三扑过去时，对方已经撕得细碎不说，还将那些纸末摔在了他的脸上。

“唐齐石——”洪三咬牙，正准备跟对方拼命。

对方却陡然站了起来！

原本唐齐石一直坐着，洪三还不觉得，但在顷刻之间，对方突然站起来！这种突然的动作改变，带来了极大的压力！

洪三没有准备好。

但是——唐齐石准备好了！

他不仅冷冷啐笑了一声，甚至还将杯子一摔！力道之猛烈不说，更惊人的是，在杯子落地的片刻，四周突然刷刷多了很多黑影！洪三这才发现，灵堂的周围黑压压一片穿着黑西服戴着黑墨镜的人，洪三眼睛一眯，细心一瞧，这些人的西装明显凸起——只有携带了枪支，才会有这样的可能！

洪三和唐齐石对视。

视线对着视线，阴冷的眼神像针一样刺入对方，犹如一狼一虎对峙，就看谁的凶狠能够吓退另外一方！

洪三的眼睛扫了扫四周，一下子是带着枪支的黑衣人，一下子是惨白的送葬菊花，一下子是对方身后，悬在大堂中间的遗照。

黑白的遗照。

死人的遗照。

他大哥的遗照。

遗像里面的人笑容慈祥，目光和蔼，但越是这和蔼的目光，越让人有种里面的人也要带他离开人世前往阴间的错觉……

洪三额头滴下一滴冷汗。

头上的灯又在闪烁不停，哧哧作响，然后全数熄灭！整个灵堂只有入口处透着些微弱的月光，只有唐齐石的脸呈现出一片灰白的颜色。

他正准备细看。

对方突然勾起唇，笑了笑。

这个笑容又诡谲，又阴森，仿佛死人的笑容。

洪三呼吸不稳，心头打鼓。他拼搏到现在，活到整个年纪，到了现在钱财固然重要，但是生命更重要！他真的要跟唐齐石和傅子瀚拼得你死我活吗……

寒风吹来，洪三这才惊觉，自己的后背一片凉意。

洪三愤愤地骂了一声，喝道："算你们厉害，我们走！"

直到确定洪三真的离去后，在场的人才不约而同地长吁了一口气，一直提在半空中的心慢慢归位了。一场重大危机竟然不费一刀一枪，就全数化解。不仅逼退洪三，连借条也完全销毁，而做到这一切的——却是平时个性温和的云修！

“啪”的一声，照明灯被人如数打开。

明亮的光线重新回归，照射在整个灵堂里，洁白的菊花，和蔼可亲、让人怀恋的遗照，一排排整齐的座位，刚才的阴森气氛消失殆尽。

傅子瀚转过头，看了眼云修。

只是他现在的眼神，跟往日的完全不同，琥珀色的眼眸多了抹复杂的神色。以往他更主动，更有决策力，云修更被动，需要人时不时在背后推他一把。

然而，刚才却完全不一样了。

云修是如此强势、如此阴沉、如此深不可测，跟平日的温和截然相反。他没有说一句话，仅仅凭着自己陈述给他的唐齐石的印象和做派，就将那人的神韵完全掌握其中，拿捏得炉火纯青，仿佛唐齐石亲临！如果是拍戏，还有剧本可以参考。即便演对手戏的演员临时发挥，通常也有应对的方法，实在不行也可以NG（No Good，不好）重新来过。但是这种发生在生活中，尤其对方还是在黑道浸淫过的情况，那么所要承担的就不仅仅是扮演一个陌生人的困难，不仅仅是承受洪三本身的戾气和凶恶，更要求的是——短短几分钟内，电光火石般的，不允许出现任何差错，任何破绽的敏锐反应！

而难上加难的是，尽管BoBo姐将云修的妆容化得惟妙惟肖，但有一点——云修无法开口说话！再怎么营造环境气氛，再怎么暗淡光线，再如何戴墨镜遮掩容貌，只要一说话，云修的声音就会穿帮。也因为如此，云修在跟洪三周旋的这一整个过程中，他的每一个表情每一个姿势都必须合情合理，甚至要比洪三永远快一步，在气势上抢占先机！不仅要让洪三产生一种对方有在回答他的错觉，更要在这种错觉中，引导洪三交出借条，让他再次感受到威压和危险，从而产生不战而退，打消再犯的念头！

这种看上去不可思议的、只有电影中才会有的情节，云修却真实地在他面前演绎了一遍。

傅子瀚看了眼云修。

现在，他整个人已经明显地松弛了下来，并脱下皮草大衣。他的神情很是疲惫，摘掉墨镜，发际全是湿淋淋的汗渍，唯有眉宇间是平日所熟悉的温和如春水的气息……

傅子瀚心底突然冒出一个念头。

若是云修有天将演戏用到生活中，用塑造出来的人物性格、心理承受能力、以及反应速度，去面对每一个人每一件事，会是怎么样的情景？

事实上，傅子瀚的分析固然没有错误，但有些事情他却是不知道的。

其实杜云修见过唐齐石，当年林萱被洪三欺负，他为林萱求情被打得鼻青脸肿，是唐齐石最后发话救了他。

唐齐石当时在场的言语不多，只是畏寒地披着狐狸毛皮，手里托着茶盏，一个手势，身旁的手下就乖乖弯下腰，然后顺从地听令，再将唐齐石的意思转告给洪三。

整个KTV霓虹乱闪，唯独唐齐石的目光又沉又冷。在斑斓的色彩中，那种冷冽、深沉的感觉，格外的不同，有种令人无所遁形的威压。杜云修第一次见到这样的人。他当时没有细想，但是长久以来的习惯让他反射性地留意了一下对方。

就像当初在第一部偶像剧中一样，他是用小纸鹤增强人物的印象。这一次也是如此。杜云修利用一切可以让洪三迅速记起以前的细节，比如皮毛大衣，阴沉的感觉，特殊的茶盏，让洪三自己回想起对对方的畏惧……

傅子瀚走到云修面前，琥珀色的眼眸看着对方。

“你演得真像。”

虽然只是短短几分钟，但是因为脑袋高强度运转，杜云修此时已经很是疲惫。他笑了笑：“只要你的事情解决了就好。”

对方的笑容温柔且包容。

傅子瀚一瞬间真的有种感动，很想把眼前这个人，这个在自己危机时陪在自己身边，并帮忙化解的这个人狠狠拥在怀里。

然而，这些感动只有一瞬间。

在这个阴霾的天空下，从傅公去世的这一天开始，所有的一切到了不可挽回的地步。

荣耀在黑暗中熄灭……

又到了一年一度的金音奖。上一次是 Legacy 这个人气爆红的组合捧得了包括最佳歌曲奖、最佳作词奖、最受欢迎的组合等在内的八个奖项，满载而归。而如今，曾经最当红的组合仅仅两年多就各自单飞，不复存在。

演艺圈就是如此的不可琢磨，无法预料。

今年的大赢家是厉逍，成为全年最受欢迎最受瞩目的歌手。傅子瀚也荣获了一个最佳歌曲奖，是杜云修亲手颁给他的。如同厉逍在得奖的时候，毫无顾忌地提到了裴清，高调地引起了所有人的注意。傅子瀚在接过杜云修奖项的刹那，故意运用了一个电影拍摄中的“借位”技巧——在台下的艺人和观众眼里，仿佛他们两人在亲吻一般。

果然，整个金音奖的收视率中，厉逍提到裴清和傅子瀚跟杜云修的“伪接吻”达到了收视段的最高点。杜云修虽然觉得不妥，却没有机会再跟傅子瀚说了——因为随后的记者采访中，傅子瀚手里握着水晶奖杯，正式地对各路记者宣布：从今天起，他将退出娱乐圈，专心经营从爷爷那里继承的皇冠荣耀！

这个突如其来的宣布犹如重磅炸弹！

几乎跟一年一度的金音奖的最后得奖名单来得同样重要和劲爆！

傅子瀚是人气超越 Legacy，身份地位只有厉逍可以媲美的当红新人！这样人气爆高的新人却在最有潜力的时候为了继承家业而退出，虽然觉得可以理解，却仍然令无数粉丝和媒体震惊！一如当年的封景在最红最耀目的时候隐退幕后。

果然，第二天各路媒体新闻杂志的头版头条，金音奖和傅子瀚退出演艺圈的消息分庭抗礼。满版都是傅子瀚将执掌皇冠荣耀的消息，傅子瀚宣布将用他以前身为艺人的感受和角度，重新整合公司，礼待艺人，带领皇冠荣耀走向更宽广更辉煌的未来！

杜云修在家中再次看到电视中的报道后，一时间没有说话。而侧躺在沙发上，手臂支着下巴的封景，狭长的眼眸中闪过一抹光。

看来，傅子瀚这次要玩大的了。

在颁奖典礼上利用云修引起噱头，引起无数媒体的注意，然后趁此机会宣布正式接手皇冠荣耀的消息，将自身的影响力完全跟皇冠荣耀结合在了一起。

如果说，以前只有艺人们才会对这些娱乐公司、经纪公司的名字了如指掌，那么现在，皇冠荣耀这个名字，已经紧紧跟傅子瀚联系在一块儿，深刻地印入所有粉丝的心中。

傅子瀚的这个决策，就连 ESE 和品优娱乐也比不上。

因为，没有粉丝会去关心一家娱乐公司，但是却有无数粉丝愿意去了解他们偶像的一举一动。留意傅子瀚，就是留意皇冠荣耀。尤其是傅子瀚的话没有说死，表明若是有机会，也许会在皇冠荣耀稳定、自己有空的情况下，接拍些广告什么的。

这样的留有余地，实际上是吸引媒体的注意。

之后的任何一个动向，都有可能成为他重返娱乐圈的迹象，都可以引起极大的关注。

封景将散落的长发拨到耳后，墨黑的头发仿佛涂了漆的生丝。他现在还住在云修的家里，霸道地命令杜云修给自己做饭。最难以承受的时候，大概是因为身边有了另外一个人的陪伴，所以那段阴晦的时光才没有更加扭曲地延续下去。

不知道从何时起，封景发现自己渐渐注意起了云修。尽管他自己不愿意承认。

那种注意跟第一眼看到云修的面试时觉得惊艳、惊讶和莫名的熟悉感不同。他如今的注意在更细节的地方。比如，对方的厨艺很好，对方喜欢用蓝色的毛巾，对方剃须机的牌子跟自己一样，对方在自己饮酒没有节制的时候，会变得很强硬，直接从自己手中抽走酒瓶扔掉……

以及……对方，和傅子瀚的关系不一般。

他原本是个精明且张扬的人，如若身边是厉睿，封景一定会把傅子瀚的目的犀利剖解给厉睿听，特别是最后的那个“以艺人的角度和感受，整合公司”肯定大有文章。

但，云修不是厉睿。他不想让云修不高兴。

接下来的日子，傅子瀚的重心全部放在皇冠荣耀。

杜云修在《中医世家》杀青后才听说，最近皇冠荣耀的动作很大，频频挖人，这些人并非歌手，而是演员。杜云修无法理解这些运作，虽然平时有跟傅子瀚保持联络，对方也在关心自己，但更多的时候却很匆忙，不是他要赶戏，就是傅子瀚要开会……

与此同时，裴清的全国演唱会开到最后一场。

裴清还特别派人送了两张票来，可惜傅子瀚没有空。杜云修想了想，最后决定叫上封景一起去。封景戴了墨镜，穿着风衣，长发张扬，走进VIP位置时，引来无数的注目礼。

演唱会还是一如既往的精彩。

裴清的每一首歌都犹如天籁，犹如海妖的歌声，有种令人神魂颠倒的致命吸引力。他给人的感觉越是冷，越是无所谓，越是仿佛整个舞台只有他一个人，下面的观众席就越是疯狂，近乎神一般地膜拜……

杜云修也跟那些粉丝一样，为裴清的每一首歌，每一个动作激动。

全场火暴疯狂的气氛，就连封景也忍不住说了句："没想到禁欲感这么强的人，也这么吸引人……"

杜云修连连点头："是呀，裴清很厉害……今天厉逍没来？"

"厉逍？他不是在泡公司新签的那个小女生吗？"

封景话一说完，杜云修动作一顿，表情错愕，演唱会的兴奋像是被冰封了般的，全数从脸上退去："——什么？！"

这边的演唱会已经是最后一首歌。

台下有无数的记者拿着照相机，他们表情迫切，但那种迫切并不是因为今天是裴清全国演唱会的最后一站，而是因为……

因为……别的事情。

那边是黑洞洞的镜头。

这边的裴清唱完最后一句歌词。

那边记者们疯狂地挤向台前。

这边的裴清已经说完感谢歌迷的结束语，正要走入后台。无数的镁光灯闪烁，像是要逼人入死地一般，记者们蜂拥而上……

杜云修全身的血液骤然降低到极点！

他不知道从哪里来的力气，拼命地跑向裴清，旁边的封景一怔，紧接着，也跟着杜云修跑向裴清那边。

"厉逍正在跟黄伊婷约会，你知道吗？"

"厉逍跟她牵手，对方还去了厉逍的家里，逗留了七小时，你怎么看这件事！"

"你们是分手了吗？"

"你们现在还有联系吗？"

"据说厉逍其实喜欢的还是女人，是这样的吗？"

无数的闪光。无数的问题。像利箭一样不停地刺向裴清。

只是顷刻之间，裴清的脸色煞白。即使是见过无数大风大浪的裴清，在这一刻，也无法反应过来，只能机械地听着……

然后，有人挤到了他身边。一左一右。

温暖的体温这才让裴清恢复知觉，那些延缓的神经才开始缓慢熟悉。裴清神情一变，面无表情地继续往后台走去。

身边的两人不停地说："让一让，请让一让。"

"我们不回答与演唱会无关的事情……"

原本将会以最完美的姿态结束的全国演唱会，结果瞬间变成一场极大的灾难！在随后整整两个月里，所有的电视、网站、报纸、杂志全部都在报道这件事！

这注定是动荡的一年。

在以后的事情没有爆发前，这场风波几乎波及了整个演艺圈。最初是大肆报道厉逍劈腿，以及裴清回避问题、面无血色走向后台的事情。

舆论一边倒地认为厉逍伤害了裴清。

如果只是一般的劈腿也就算了，但双方的地位和身份特殊，尤其是以高调的姿态承认了这场恋情，结果当时所有的恩爱，以及圈内好友和粉丝的祝福，此时此刻，都变成了最可笑的嘲讽！

厉睿当然不可能坐视不管。

当初在那场媒体乱仗中留下的一手就渐渐显露出来了，ESE 那时操纵一些媒体，引起的舆论就是：厉逍还小，才二十岁，人在国外念书，思想虽然比较开放，但毕竟年轻，容易被人影响。而裴清却是三十多岁的成年人，思想成熟，非常清楚自己在做什么，一举一动会有什么样的后果。

现在 ESE 也依旧利用这个理由。暗示不管厉逍做了什么，年轻人避免不了要犯错，无法把握自己。如果他现在喜欢的是女人，那么当初跟裴清在一起，对方更是应该负起责任！

这种言论一下就引发了许多创作人的不满。

裴清在他们心中就是圣域，结果被这样污蔑，他们纷纷在媒体前力挺裴清，痛斥厉逍！争论猛烈升级，每天吵得不可开交！

杜云修看着报纸上这些触目惊心的报道，心中升起一股寒意。

当初裴清和厉逍在一起，他就觉得不妥。但是厉逍在裴清那场演唱会上的表现，在KTV中的表现，在颁奖典礼上的表现，他真的以为厉逍是真心对待裴清的。裴清那样冷漠的人，如果不是厉逍真正地撼动了他，是不会接纳对方的。

然而，即使是真心的，又怎样？

或许厉逍觉得自己在乎的是裴清，跟其他女人只是玩玩而已。但是感情这种事，哪里经得起这样的“玩玩而已”。

第八章 / 争名夺利

这件事爆发之后，杜云修曾问过傅子瀚会怎么处理。毕竟一边是公司旗下天王级别的歌神，一边是一起念书时最要好的死党。当时傅子瀚没有回答，但是今天的杂志，在ESE暗示是裴清引诱厉逍之后，一下子爆出了很多关于厉逍玩弄女艺人的消息。

杜云修一页一页地翻着。

上面好几个女艺人爆出自己跟厉逍有过一段感情，并说自己是真心投入这份感情的。这样的说辞是最好的维护她们形象的方法。她们越真心，就越在反衬厉逍的花心。选择这个时候自爆曾经跟厉逍之间有“亲密的关系”，有可能是想倾诉，但更有可能是在自炒，趁机赢得曝光率。

只是，同时出现这么多厉逍之前的绯闻……

真的只是凑巧吗？

杜云修想起那个拥有一双琥珀色眼眸的年轻人，想起那个有异国腔调咬音不准念着自己名字的年轻人，想着对方在爷爷的葬礼后，被人讥讽“好好当你的大明星，公司的事情就不要插手了”的样子。

那时的对方对自己说：

“以后我只有你陪伴了……爷爷的皇冠荣耀，我不能让它毁在我的手中。”

杜云修，突然不寒而栗。

裴清和厉逍的支持者相互攻击的事情整整持续了两三个月。唇枪舌剑，故意抹黑，不仅台面上的媒体如此，台下的粉丝也是相互指责，ESE和皇冠荣耀也一度交恶，完全禁止自家的艺人和对方同台演出！在这场“乱战”中，厉逍给裴清打过无数的电话，内疚、急切地想要解释，但是裴清很干脆地将手机扔到了垃圾箱里。

跟当初两人恋情曝光的处理方式不同。

那时裴清是自己该做什么就做什么，除了不主动响应相关问题之外，丝毫不介意记者的拍摄。可是这一次，不仅所有的事情裴清一概不响应，甚至媒体记者根本找不到他的人。

——因为他早就推掉了一切的合同和工作，让柳章订机票出国了。

所有的人都觉得是厉逍甩了裴清，背着裴清劈腿。即使是在事情冷淡后很久，报纸上都没有正式刊登两人分手的消息，可是，厉逍却深深明白，裴清是彻彻底底不会原谅他了。

裴清就是这样的人。

不管媒体怎么闹，怎么恶意攻击他，他都不会出来反驳或者公告什么。但当你以为事件平息时，实际上他已经完完全全地推开你了。

将你彻底地推离了他的生活圈。

永远的。

夏季灼热的温度似乎还残留在报纸上的那些绯闻与丑闻中，但杜云修已经感觉到深秋的萧瑟和寒冷了。

《中医世家》的票房暗淡无光。惨败。

杜云修跟傅子瀚两人周末晚上八点去看电影的时候，偌大的电影院空空如也，只有零零星星的几个人，简直像是被人包下的专场。看过的人都说好看，可是票房就是起不来。这样的片子在商业片和进口大片中太难存活了。没有那个时代感悟的人，没有想看的念头。而有所感悟的，又没有去电影院看的习惯。有口碑，无票房，就是说的这种情况……

影片失败，一些职业黑手趁机作乱。

除了网站，也在一些有名的、有影响力的论坛上，纷纷发帖指责“云修是票房毒药”“云修毫无演技”“云修在片场不听导演指挥，耍大牌，被导演训斥”……

虽然杜云修表现得似乎不在意“票房毒药”“耍大牌”这种污名，但是封景却看穿了杜云修的失落，他倒了一杯红酒，递给云修，坐到对方的身边：“责任不在你。”

杜云修接过红酒，犹豫了一会儿，才开口：“我在想，当初听取你的建议，也许……”

封景轻轻晃了晃酒杯。

酒红色的液体顺着透明漂亮的玻璃杯折射出华丽的光晕。

“一部电影的成败有很多种因素。这无疑是一部制作非常精心的作品。虽然现在文艺片的确不是主流，但也有它的运作方法。

“定位在暑期档，本身就是发行方的一个失误。虽然暑假观众会更多，但更多的却是学生。即使有的家长想看，也会首先考虑孩子们的选择。尤其是强档进口大片的引进，会占据更多的院线，这样会极大地压缩《中医世家》的播放场次。”

杜云修摇了摇头：“票房的失利，导演有责任，身为主演的我，也不可能完全没有关系。”

封景握着酒杯的手顿了一下，然后直视着对方的眼睛。

“你觉得你的演技如何？”

“我觉得我演得没有问题。”杜云修愣了一下，才回答道，语气沉稳中透着一抹自信。

封景勾起唇角，笑了笑，这才是他认识的云修。

“既然你已经尽了全力，既然不是你演技的问题，既然你觉得自己没有演错，那么就不应该感到内疚。

“电影宣传和上映并不是你能控制的。这部电影，除了上映时间订得失误，ESE 的宣传也严重不到位。大部分媒体关系都被拉去凑厉道和裴清的乱仗，根本没有好好地去宣传这部电影。而裴清和厉道的事情也实在闹得太大，分散了很多注意力……

“演员的本职是演戏。宣传人员的本职是宣传。你的任务已经很好地完成了，但是他们的，却没有。”

说道“宣传”两个字的时候，封景的眼神明显暗淡了一下。他宣传总监的权力已经完全被架空，就算他想从处理厉道的人员那边抽部分人手过来，也有心无力。

厉睿的确了解他。

他这种风光惯了、张扬惯了的人，被抑制在处处受限的环境里，那种感觉比离开 ESE 更难熬。

封景顿了顿，才拍了拍云修的肩膀。

“有的时候商业性上的东西考虑多了，未必是件好事。票房虽然重要，但是作为一名演员，在每一部戏里面体验不同的角色，诠释不同的演绎，收获更多的心得，不是更重要吗？”

杜云修听完后，转过头盯着封景的眼睛：“你似乎，总是在我最迷茫的时候，点醒我……”

这真的是一件很奇妙的事情。

对方跟他是完全不同的类型，高调、张扬、外露。那些光芒并非像谢颐那种，是让他倾慕的，却总在出其不意之间，给他带来更深的震撼。总是在最关键的时刻，让他能够更深刻地去反思一些东西。

杜云修还想跟封景进一步谈下去。就在这时，傅子瀚来电了。

杜云修接起手机。

只听到傅子瀚高兴的声音："云修！你入围了！你被提名了最佳男主角！！……拍拍文艺片也没什么不好的，评委一般很讨厌商业片。文艺片才是最好拿奖的！"

杜云修皱了皱眉头。

很想说，他并不是为了得奖才去拍文艺片的。他是先喜欢这个剧本，想不断地尝试和挑战自己，才接演这个角色的。

"你得奖的希望还是很大的！何导是个老导演，评委们看在他的面子上也会给你高分的，你让ESE那边去运作一下，我也用皇冠荣耀的人脉去通通气！这次要是能得奖，你就是娱乐圈里最年轻的影帝了！"

对方的语气非常兴奋。

影帝……影帝。

这不是他一直渴望的吗？

这不是他最初定下的"想要超过谢颐，想要夺得影帝的头衔"的心愿吗？什么时候起，这个目标，这个带着怨恨的目标，在心中变成了一道浅浅的影子……

杜云修看了看站在身边的封景。

这个一开始好像跟他过不去，却又给他提供重要机会，让他以另外一种心态去看待演艺圈事情的人。

似乎……在认识他后。

自己人生的轨迹就已经渐渐偏离了。

然而，影帝两个字又的确有着吸引力。不仅对他，更是对任何一个演员。但，真的要像傅子瀚所说的，靠ESE和皇冠荣耀的关系，来影响评委吗？

十二月马上就到了。

冬天的寒意已经深入这个城市的每一个角落。

尽管金柏奖的红地毯还是星光璀璨，镁光闪耀，男女主持人以极其兴奋的嗓音报道着每一位走红地毯的艺人和嘉宾，但镜头外的艺人们还是被冻得瑟瑟发抖。要么待在车里不出去，要么在外面披着件皮草坎肩，等要入场了再脱下。

杜云修也觉得身上的礼服完全不保暖，难以抵御寒意。

上一次是杜云修跟柳艺一起入场，这一次《中医世家》只有他一个主演，没有女主角。原本是他单独走红地毯，但是傅子瀚却要跟他一起走。

杜云修不知道是不是他自己太敏感了。

在裴清和厉道分手之后，傅子瀚的举动……他都会产生别的想法。尤其是那晚演唱会后，他和封景护着裴清回到专人休息室后。

封景看柳章的目光十分微妙。

封景那时低声对他说：“这么多媒体突然涌入采访，皇冠荣耀就真的一点风声都没有听到吗？裴清的经纪人也真的什么都不知道吗？……”

杜云修当时沉默了。

即使封景没有挑明，他也明白封景的意思，这件事……也许根本就是皇冠荣耀的高层借机策划炒作。

厉道的事件曝光，对ESE百害而无一利。

而皇冠荣耀却自始至终都在制高点上。

虽然心底隐隐觉得不安，但是杜云修却无法拒绝傅子瀚的提议，对方的爷爷今年才去世，对方曾经救过自己……

很多事情，杜云修即使有预感，但不到最后一刻，他还是不想摊开。

傅子瀚果然是大手笔。

他们两人的礼服都是在美国最炙手可热的设计师那定制的，一入场就谋杀了不少菲林。裴清和厉逍的事情才过，此时在这样敏感的时机，出现两个男人一起走红地毯的景况，就算不是情侣装，媒体记者也会胡思乱想。

尤其一个是皇冠荣耀最年轻的继承人，一个是最热门的影帝候选人。

当场所有直播的摄影师就给了两人不少镜头，也许两人的分量不够压轴，但占据镜头的时间却非常长。

杜云修远远望见了柳艺。

对方今年再次获得最佳女主角的提名，跟其他的男星一起进场。杜云修隔空含笑点点头，打着招呼。柳艺收到了，正准备嫣然一笑作为回礼，不过目光触及杜云修身后的人后，突然有些闪烁，红唇动了动，似乎想说些什么，但最终只是勉强扯出了个笑容。

杜云修觉得柳艺表情奇怪，只是距离相隔太远，也就放弃了上前寒暄的念头。

也许一切……从这时候就已经有了征兆。

“在担心吗？”傅子瀚凑近询问。

杜云修闪了闪神，这才明白傅子瀚说的是影帝的事情。尽管ESE似乎对自己还比较重视，尽管傅子瀚也曾说过会帮忙，但杜云修心里还是没有底。

事实上，他自己也觉得非常矛盾。

他并不是第一次知道娱乐圈的内幕，也并非不知道灵活变通在评审身上下工夫。让公司的公关部门打点，用这样的方法拿奖，他不是第一个，也绝对不会是最后一个。在娱乐圈，谁不靠情面人脉，谁能一碗水端平？

然而，利用ESE的关系，利用皇冠荣耀的关系，来获得这个奖项真的好吗？

这件事跟上次最佳新人奖不一样。上次是ESE在幕后为褚风操作，而这一次，是别人为自己操作。即使自己没有主动要求，没有参与，但是如果靠人为因素而得奖的话，那么是否对其他演员不公平呢……

前世那种因为人情因素，而一次又一次失去角色，失去奖项的心情，没有人比他更了解……

只是，“影帝”两个字分量太重。

它是所有的男艺人，无论是小屏幕，还是大银幕，为之追逐奋斗的终极目标！

尤其是对于杜云修。

通过这个奖项，找回曾经失去的尊严、认同！从前世到今生，从前世被谢颐当垫脚石的杜飞，到今生为自己而活的杜云修——他整整想了十几年。

尽管杜云修不是很赞同利用关系获奖，然而当“影帝”之位真真切切地摆在自己的眼皮子底下时，任何人都不会不动心，不会不受到诱惑……

“不会有问题的。”

傅子瀚似乎看出他的担心，轻声安慰道。对方曾经两次直接对自己说过，他会动用皇冠荣耀的势力帮自己赢得这个影帝称号，杜云修轻轻地点点头。

颁奖典礼开始，奖项一个又一个颁发。

最后到了最佳男主角，大屏幕上出现自己的名字和《中医世家》的电影片段，那一瞬间台下的摄影机和投光圈对准了自己，杜云修的心都快跳出来了。

跟前世被提名金柏奖的记忆重合……

原来他真的已经死过一次，原来，真的已经过了那么多年，等了那么多年。

前世遭受的辱骂、鄙视，前世被自认为是最好的朋友在背后嘲笑和利用，前世遭遇车祸，被撞飞时那种整个身体被撕裂的巨大的痛苦……突然清晰无比地印在脑海中！

刹那间，想要拥有影帝称号的愿望突然变得无比强烈。

不管……用什么方法都好。

大屏幕播放着其他提名人的影片信息。

另外四个人中有两个夺冠的呼声也很高，一个是中等规模的娱乐公司旗下的艺人，另有一个是品优娱乐旗下的艺人，演了八年的戏，只是名气没有自己高。

屏幕上介绍影片的时间其实并不长，不过一分钟而已，杜云修却等得坐立不安。

女主持人依旧是上届的那位，幽默感十足，很多艺人都轻松地大笑着，可杜云修笑不出来。他不知道其他的几个候选人是不是跟他一样的心情，一样的紧张。

他心底莫名地开始在意，开始估算起来。

他的人气、演技都在那里，公司也是 ESE，如果傅子瀚的皇冠荣耀真的愿意帮忙……

女主持人又在故弄玄虚，让颁奖嘉宾迟迟不念得奖人是谁。

这的确将气氛掀起了一个高潮，但是杜云修却无法心同所感，他的心绪已经太乱、太杂，开始在意得太多……

傅子瀚将手覆在他的手背上："没事的。"

杜云修轻轻转过头，对上对方琥珀色的眼睛，正想扯出一个笑容。但下一秒，颁奖嘉宾就念出了得奖人的名字！

——不是他。

不是他！不是他的名字。

不是杜云修。

杜云修的瞳人猛地放大，如坠冰窖，身体一下子冷到了极点，所有的神经都像被冰封住了一般。

为什么会这样？

为什么经过了这么长时间的努力，最后的结果还是跟前世一样——为什么，不是他的名字。

……

杜云修不知道自己究竟是怎么坚持到颁奖典礼结束的。跟前世勉强装出来的释怀不同，这次他几乎快要掩饰不住自己巨大的失落。

颁奖典礼一结束，他就冲到洗手间镇定自己的情绪。

积累了两世的希望，期待得太久、太高，从上面摔下来，也就格外惨烈。不知道过了多久，隐隐约约听到有两个人在谈话。杜云修扶住额头，恍惚之间又回到前世时颁奖礼结束的那个晚上。

当时……是什么样的情况？

“他？演技是很过硬，不过他想跟你争？别搞笑了！为了红，还故意让经纪人编造跟你之间的绯闻，亏他想得出来？！”语言中透着浓浓的鄙视和不屑。

另外一人配合着笑了笑。

他曾熟悉的，如今却带着微妙的嘲讽的笑声。那是——谢颐的声音。他前世最不可能认错的声音。

而这一次……

“我还以为影帝会是云修。”语调慵懒之中带着点痞痞的味道。

“我也以为。”有人轻哼了一声，很年轻的声音，只是发音却不怎么标准，“当时还为了他打点好几个评委，没想到还是这个结果……看来 ESE 根本就不想他得奖。”

“幸好我们另有安排。”

“当然不可能将筹码全部押在一个人身上。”对方的声音极为冷静，“那人也够争气就是。他跟品优娱乐的合同到期了是吧，跟我们的签了吗？还是还在流转合同？”

“已经敲定了，否则最后也不会下那么大力气。估计那些评审也是看他在圈子里熬了八年，颁个安慰奖给他吧……他跟我们皇冠荣耀签约的消息，等影帝的庆功宴开完后再爆出来？新任的影帝加盟皇冠荣耀？”

“嗯，这个要重点宣传。以后皇冠荣耀就要借此正式转型，不光做歌手，也要进军影视方面，从其他公司挖的演员已经足够了吧……”

熟悉的声音。熟悉的人。

对方短短一两分钟，说了很多关于公司，关于公司未来发展的话语。自己的名字，只是简短地用个“他”来代替。

没有一句话为自己惋惜，没有一句话为自己遗憾……

杜云修是真正清楚了，公司和自己，在对方心底的分量。回想起对方那时把手覆在自己的手背上，让自己不要担心的语气，回想起得奖名单公布，对方错愕又无辜的神情，回想起柳艺在走红地毯时，看到自己欲言又止的举动，回想起对方信誓旦旦，说会动用皇冠荣耀的关系给自己帮忙，影帝会是自己的……

所有的一切反复在脑海中回放闪现。

其实并非没有蛛丝马迹，只是他不愿意相信。就像当初，他始终相信，他和谢颐之间绝对不是利用和被利用的关系……

迟缓的神经末梢这一刻才开始恢复知觉。

被对方覆盖过的那只手的手背像被火燎过似的，火辣辣的感觉像是被人当面狠狠扇了一耳光，满腔的羞辱像狂风巨浪般涌入，羞愤到了极点。

他怎么还学不会！他怎么还不知道教训。

当年是谢颐，如今……是傅子瀚。

当年他不敢走出洗手间的隔间，一个人站到身体僵硬发麻，难堪又难受地听着最信任的好友和评审对自己的讥笑，但现在……

“砰——”的一声。

隔间的门被杜云修大力撞开，傅子瀚和柳章明显一惊，根本没有想到里面还会有人。

他们看着杜云修一言不发从面前走过，对方脸色苍白，仿佛全身冰冷的样子，唇角紧抿，但是那双墨黑韵致的眼睛里却有一团火在烧，那是巨大的失望化为悲愤的火焰，刺眼得扎人！

傅子瀚完全愣住了，张开嘴想说些什么。

然而，杜云修却像没有看见他和柳章似的，就那样缄默地在他们面前走过——他看到了他们，然而眼睛里面却没有他们的存在。

“云、云修……”

过了好一会儿，傅子瀚才找回自己的声音。但是，洗手间的门已经自动闭合，杜云修早已不知去向。

十二月的天气潮湿而又寒冷，颁奖场馆的外面浸透着深冬的寒意。

杜云修走得又快又急，好几次都撞到了其他人，身体只有在相撞的过程中才能感受到一丝疼痛，只有在因自己的粗鲁无比而被他人痛骂的过程中，才能感受到一丝发泄。

他为什么要那么蠢？

为什么要相信别人会为自己，为了自己……

猛烈的寒风一下子呛进胸腔，寒意像是冰碴儿似的浸入骨头里，将最后的一丝暖意吸取殆尽，杜云修浑身发冷，四肢冰冷，额头却滚烫不已。

他剧烈地咳嗽着，像要把整个心肺都咳出来一样。

照理来说，颁奖典礼的记者应该还不会走远，这样的情况绝对会被人抓住机会狂拍一阵，可是，此时此刻却似乎没有任何记者发现杜云修。

唯有场馆正门前的阶梯被他们围得水泄不通。

记者们蜂拥而至，争先恐后地拥上前，疯狂地按下快门，不放过任何一个角度拼命抢拍。

杜云修咳得难受，几乎快要站不稳，视线越来越模糊，却在蒙蒙眬眬之际听见有人叫着：“——林萱小产了！”

林萱?

这是怎么回事……

杜云修想要上前，身体却沉重得像块石头，眼前陡然一黑。

“醒了？”有人刻意放轻声音，伸出手摸了摸他的额头。微凉修长的手贴在额头上，把滚烫的温度压了下来。

周围的一切，很安静。安静中带着一种茫然的陌生。

杜云修费力地睁开眼睛，花了很长时间才反应过来——熟悉的天花板，熟悉的格局，这里……是他的家。而在他身边的是封景。

是的，封景。不是傅子瀚。不是谢颐。不是喧哗的颁奖典礼。

“医生说，这次发烧是因为前段时间拍戏太辛苦，精神紧绷，身体状态还没调整过来的缘故。加上这几天气温变化很大，昨天走红地毯的时候……”封景刻意放轻了声音，以免给他带来任何不适。只字不提昨晚金柏奖最佳男主角被他人夺走，也不问为什么原本跟傅子瀚在一起，最后却形单影只地晕倒。

杜云修仰面躺在床上，似乎封景的每一句话每一个字，他都很认真在听，过了一会儿才开口：“林萱呢？她怎么样了？”因为发烧而干涸的嗓子像是在砂纸上磨过，沙哑而难听。

封景怔了一怔。

“林萱……颁奖礼结束后被其他女星踩住裙角摔倒，差点流产，孩子的爸爸是美国的一个富豪，但是似乎……对方不太想负责任。”

“报道很多吗？”

“……很轰动。电视新闻都在播。”

杜云修似乎听明白了，闭了闭眼。

封景看着杜云修略带病气的苍白脸庞，心底忽然产生一种微妙的错觉。只是一晚上，却好像有很多东西都沉入对方的骨子里，已经被眼前这个男人收敛起来，却多了份不可琢磨的深沉。

等再次睁开眼时，封景听到杜云修说……

第九章 / 影后林萱

这注定是异常动荡的一年。

先是厉逍和傅子瀚的横空出世，人气直超 Legecy。再是傅子瀚和杜云修在日本遭遇地震，然后是封景“辞职门”事件，最高人气组合单飞。厉逍和裴清恋情曝光，接着皇冠荣耀老总逝世，厉逍裴清感情玩完，再到……国际巨星影后林萱被爆怀孕！

经常待在国外，名气极大，低调不张扬的林萱在颁奖典礼当晚被爆出这件事，一下子便成为全年度最轰动的事情，搜索排行榜第一名——到底孩子的父亲是谁？林萱结没结婚？引起了所有媒体的极大关注！

记者们从国内搜索到国外，又把以往跟林萱合作过的演员一个一个排查。最后被人透露出，美国有个大富豪曾经拼命追求过林萱，然而，当有记者好不容易动用关系采访到那个富豪时，那个美国富豪面带笑容地回答：“啊？真的吗？怎么能够肯定那个孩子是我的？当然，我也是很喜欢孩子的，哈哈。”

那种美国式的轻松和幽默并没有给人带来一丝好感。

轻佻的态度甚至让人觉得是侮辱。

当各大媒体曝光这件事的时候，林萱一下子从国际巨星变成许多人眼中的笑柄，被一些无良的报纸嘲笑“影后也被男人甩”“名气大跌，形象不再”“过气”……

那个美国富豪采访后又被传出，亲自飞来看望林萱，并带着一枚12克拉的卡地亚限量版钻戒，向林萱求婚，表示“愿意负责，承认她肚子里面孩子的身份”，结果钻戒被林萱扔到对方脸上。

自始至终，林萱这边没有作任何的回应。

杜云修手捧着花来到圣玛利亚医院的私人高级病房。在这之前他打过电话给林萱，就像当初封景的辞职事件一样，对方怎么也不接电话。一次不通，就打第二次，杜云修自己也不知道到底打了多少个，最后电话终于接通了。

“什么事。”意外的，接电话的人直接就是林萱。

只是声音冷冷的。

那种冷，不是清冷中带着善意与礼貌的冷，而是带着极大戒心的防范和冰冷。

“我是云修。”杜云修连忙开口，“……我想来看望你。”

“云修？”林萱疑惑了一下，这才记起来。她在演艺圈的资历加起来快二十年，认识的导演艺人无数，尤其是成名之后，有时会提拔后辈，这种事情对当事人来说可能是极大的恩惠，但是对于林萱本人，只是小事一桩。

对云修的印象，她还停留在对方是个不错的年轻人，演技非常突出上，虽然有时……有时会像另外一个人。

“不用。”林萱回绝得很是直接。

尽管对对方的印象不错，但两人的交情还远远不够。在事情这么敏感的时候，她不会透露自己的信息。就像这次“摔倒”和“美国富豪”，如果不是身边的人爆料想要整她，也不会闹成这样。

这种事情的负面影响极大。

作为女明星来说，未婚先孕就是有损公众形象。已经有好几个名牌厂家，私底下跟经纪人接触，撤下她的代言。而她的美国男友那样回应，弄得很多外国明星都在嘲笑对方只是跟她玩玩而已，完全没有当真。

林萱知道后，肚子痛得直冒冷汗。

被人抛弃，在欧美娱乐圈来说，是一件很掉价的事。身为华裔女明星，本身要打入好莱坞的圈子就是难上加难。进去之后，每次挑选影片角色都要分外仔细，既要考虑票房，又要考虑自身形象。已经在上升的未来空间，而如今，毁于一旦！

“林萱……”杜云修还想再争取一下。

“谢谢你的好意。我要挂断了。”对方干脆利落。

“——想不想知道杜飞的事？你想不想知道杜飞的事？！”在挂断前一秒，杜云修抢着说。手机那端传来“嘟嘟嘟”信号断掉的声音，但是一分钟没过，手机响了，林萱主动拨过来。

“圣玛利亚医院，1804。周五下午三点，过来告诉我杜飞的事情。”

杜云修带着花。

即使这个医院采用的是半透明的设计，想让病人看到天空，心情能够更舒畅一些，但是空气里依旧终年弥漫着消毒药水的味道。杜云修对医院不熟，找了半天也没找到病房，正准备去总服务台询问的时候，有两个穿着粉色护士服的小护士手里拿着备注夹，一边走一边轻声细笑。

“还是影后呢，卸了妆，那个皮肤……”其中一个小护卫嬉笑道。

“影后又怎么样，还不是被人睡得不要了。没看到报纸上报道吗，那个美国富豪根本不承认她肚子里面的孩子，呵呵。”

“不过孩子已经三个月了，没办法打掉。”

“是啊，都二十八岁了，如果强行打掉，以后一辈子都无法受孕了……”

杜云修听得原本挂在脸上的微笑全数散去。

没有人比他更清楚，被媒体追着不放，大肆编造，涉及私生活的难堪和狼狈。

即使张扬如封景，在分手后被媒体围剿，都会选择借酒浇愁；即使冷漠坚强，在娱乐圈同样待了十几年的裴清，被人追问厉逍移情是何感想时，也是一言不发，最后直接出国！

何况是林萱？……她只是一个女人。

然而她却在颁奖典礼结束后摔倒差点引发小产，完全毫无遮掩地暴露在大庭广众之下，被无数闪光灯拍下，照片、视频流传在各个网站上！

因为社会对女性的态度，她所要承受的比他们还要多。就连给她看病，同为女性的小护士，或许当着她的面是温柔微笑的，但是背着她，却是这种讪笑讥讽的模样。

杜云修心情沉重地推开病房门。

林萱半躺在病床上。这是超级豪华的私人VIP病房，里面布置得跟高级套房一样。房间越是豪华，越衬得病床上的林萱脸白如纸，毫无血色。人也是极其消瘦，穿着单薄的病服，仿佛一根孱弱的芦苇，随时都会被风吹倒。因为差点流产，整个人元气大伤，所以做个小动作都要喘气。

“孩子已经三个月了，没办法打掉。都三十八岁了，如果强行打掉，以后一辈子都无法受孕了……”

杜云修想起刚才那个小护士说的，不由自主地握了握拳，强忍下担心。

“感觉怎么样？精神好点了吗？”杜云修将花放到旁边的床头柜上。

林萱只是冷淡地扫了他一眼，开门见山：“说吧，你是怎么知道杜飞的？”

极大的外界波动后，人往往会增加戒心。

林萱也是如此。

杜云修停顿了一下，才缓缓开口：“曾经有个女生对我说过，她要是结婚的话，想选在海边，高大的椰子树，白色的婚纱，空气中还会飘着玫瑰花瓣……”

林萱的表情像被电狠狠击了一下：“你怎么知道！杜飞对你说的？！不，这不可能，你才二十几岁，他怎么认识你的！”

杜云修没有回答她的问题，而是念出一段台词。那是部很老的电视剧的台词，是他以前跟林萱一起演过的。当时男主角很傲，从不作准备，也不跟林萱练习台词和走位，是他陪着她一起练的。林萱的眼神从震惊到不敢置信，再从不敢置信到复杂……她的胸口急速地起伏着，终于忍不住，几乎颤抖地，试探地，微弱地叫了一声："……云修，杜云修？杜飞？"

杜云修没有说话。只是用力地点着头。

一切恍如隔世。

林萱再也忍不住，双手捂着嘴，再也不是先前那种冰冷的表情，眼泪大颗大颗地从脸颊滑落。

"……杜哥！"

杜云修坐到床边，林萱扑到他怀里，痛哭失声。

这一次，林萱是真的大哭了出来，将心中那些委屈、伤心、悲愤，全部哭了出来。她也只是个女人，那些恶毒的中伤，那些在她被甩后、在她差点流产时，拼命嘲讽讥笑、落井下石、伤口撒盐的做法，她真的快撑不住了……

"没事，有我在。"杜云修坚定地说道。

就在所有媒体都大肆报道林萱虽贵为国际巨星却照样被人甩的事情时，狗仔队突然发现林萱的身边多了一个男人。那个男人一直在陪着她。从林萱出院、到护送林萱回家、再到在林萱别墅前偷拍的照片，上面都清清楚楚地显示了一个人——云修。

云修是谁？

狗仔队迅速就查明了他的个人资料。

未婚妈妈所生，高中时母亲死亡，T大毕业。二十二岁进入演艺圈，以Legacy成员之一开始走红。二十四岁凭借电影《唐云起》荣获金柏奖最佳新人奖，去年年底获得金柏奖最佳男主角提名，是个星途不错的新人，但是跟三十几岁的国际影后林萱在一起，没有任何一个人觉得合理。

一时间，争议四起。

有的说林萱手腕高超，这么快就勾上了年轻的男艺人做便宜爸爸；有的反驳，林萱连美国富豪的求婚都拒绝了，用得着这样吗？也有的嘲笑云仔戴绿帽子，或者暗指他心机深沉，城府极深，在林萱感情最脆弱的时候趁机大献殷勤，为的就是利用林萱，以后从国内跳到国外……

杜云修跟ESE签的是五年合同。

一般在最后一年，如果没有续约的意向，那么娱乐公司是绝对不会主动去捧一个可能离开的艺人，为其他公司做嫁衣。目前杜云修的情况也是如此。因为没有明确表态一定会续约，再加上先前“封景辞职门”的事件让高层颇有意见，所以这次事件爆发后，ESE没有做任何维护的动作。

封景让宣传部维护云修的公众形象。但是厉睿却下了命令，不用管这事。封景再一次为了杜云修跟厉睿闹翻。厉睿的妻子当时在场，也跟着讥讽了一顿，在ESE员工面前狠狠地削了封景的面子。

“要是觉得不痛快，就不要留在ESE了吧。”杜云修知道后主动约封景到Pub喝酒。

“噢？你听说了？”封景勾起唇轻笑，一副没什么大不了的模样。

“我知道，你是为了我……”杜云修正色道，眼底有着了然、感激。

封景伸出食指，做了个噤声的动作。

封景的手指又细又长，关节处像是玉石打磨的一般，漂亮得像艺术品。原本想要停在杜云修嘴唇前，结果不小心碰到了对方的唇。

两人同时微微错愕了一下。

“你想太多了。我只是不想，不想厉睿好过而已。凭什么他说什么别人就要照做。地球不是围绕着他一个人转，这个世界上，也不是所有的人都要听从他的命令。”

看着毫不在意地说出这番话的封景，杜云修无声地微笑了下。

能够这样说，证明本身的伤口已经不痛了吧？剩下的，只是面子和尊严不能释怀。

“我觉得，”杜云修看着封景的眼睛，认真地说，“现在的ESE，埋没了你的才华和能力。以前拍戏的时候，我就认为你很聪明。这种聪明跟表演的天赋无关，它可以运用到各种事情上……或者说，是一种能力，就像你总是能迅速精准地看清事情的实质，掌握它的精髓。”

“你的这些能力，不应该因为我而被埋没。”杜云修歉意地看着封景，字字清晰地说。

“干吗这么认真的样子。”封景撇开眼，不再对视云修的眼眸。对方的眼睛是越看越有韵味的那种，仿佛石墨层层晕染过的，一圈一圈都透着温润而坚定的光泽。

“你别多想了，真的跟你无关。”封景还是想打着哈哈带过，装作不在意地喝着酒。

杜云修却不管这些，伸手搭在他的肩膀上，声音沉稳：“辞职。”

封景怔了怔，垂下眼睑，过了半晌，才轻轻吐出一句话。

“……要是我辞职，你怎么办？”

杜云修笑了笑：“合约到期就会离开ESE的。”

“哦。那个，林萱，你……你喜欢她？”

“……嗯，喜欢的，她是我最喜欢的女人。”

“……”封景“呵呵”笑了两声，然后将杯子中剩下的酒喝完了。

“不过，你是不一样的。”

封景一愣，细细长长的眼睛眨了眨，然后一动不动地看着对方，有些愣住。

“所以，辞职吧。如果你愿意的话，等合同到期，我想跟你合伙开一个工作室。封云工作室如何？”杜云修眼睛含笑，目光坚毅地看着封景。

封景离开ESE的那天，厉睿一整天的脸色都是阴沉的。底下的人战战兢兢，害怕一不小心就被龙卷风袭尾，不知道是怎么死的。那天过后，厉睿似乎恢复了正常，依旧是深不可测，帝王般的作风。但是所有人渐渐都看得出来，云修的处境日渐艰难。

自从傅子瀚接手了皇冠荣耀，将公司转型为演唱综合的类型，皇冠荣耀就成为 ESE 的竞争对手之一。而云修曾在公开场合力挺封景，并同傅子瀚交好，这两点已经犯了大忌。再加上《中医世家》票房失利，金柏奖空手而归，又陷入林萱的丑闻之中，人气狂跌，没有续约意向，杜云修在 ESE 的地位已经一日不如一日。

在外界眼中，杜云修已经属于过气的偶像明星，心机深沉，完全是靠林萱在“炒新闻”。

在粉丝媒体纷纷唾弃的同时，似乎大家都忘记了，这个人在拍《唐云起》时，即使遭遇车祸，仍然带伤拍戏的坚持和执著；当初封景“被辞职”时，是他，第一个站出来为封景说话，是他，不顾雪藏也要站出来的勇气和仗义……

在一片恶意报道中，以前曾经做过的事，说过的话，似乎都被人们忘记了。

没有人，还记得当初为他动容过的瞬间。

ESE 对杜云修越来越不重视，安排了一堆制作三流的烂片。要么是穷凶极恶的大反派，要么是不得人心、陷害男一的男二。有的甚至连主角栏都没沾上，只一场戏就会死翘翘的配角和小角色。本身跟林萱的关系得不到正面的报道，再加上这一连串完全不符合人气偶像路线的剧本，观众们更是把他同里面那些阴险的角色等同起来，论坛频频出现负面的评论。

“想赚奶粉钱想疯了吧！这种烂片都接！云修，你太令人失望了！”

“早就知道他不是什么好东西。会演出那样阴狠的角色，因为本身就是那样的人吧……”

“妈的，你还要跟那个老女人在一起多久？难道你真的是为了利用她，为了她的钱？太不要脸了，你还是不是男人啊！！！”

杜云修看到这些发言后，怔了一怔，而后默默地关掉自己的官方网站。

珍惜的粉丝，喜欢过的人，都在他未愈合的伤口创下更深更重的伤。只是……

没有时间难过。因为还有更重要的事情去做，还有更重要的人要去保护。

林萱已经三十八岁，属于高龄产妇，以前流过产。演艺圈很多女明星为了减肥滥用药物，林萱曾经也这样过。医生明确地对他俩说，如果这胎流掉，以后不大可能再怀孕了。如果不引流，胎位不正，也要特别小心。

林萱非常想要这个孩子。

不是为了这个孩子的父亲，而是作为一个三十八岁的女人的考虑。

杜云修知道她的决定后，只是说："那你安心养胎就好。其他的事情交给我，当妈妈的心情要舒畅，肚子里的宝宝才会健康……"

人生还有更重要的事，更重要的人。

所以工作上再怎么不如意，也没有关系。曾经投入过的感情，最后发现并不是自己想象的那样，也没有关系。

新的生命带来新的喜悦。

一切向前看就好，就像当初重生那样。什么都没有也不要紧，只要还活着，只要还能踏踏实实地演戏就好。

剧集一部接一部地杀青。

然而媒体记者们并没有放过杜云修。只要林萱的孩子还没生下来，总会有记者带着微妙的恶意采访他，然后断章取义，扭曲他的回答，最后刊登在报纸上吸引眼球。

"云修，这部戏你演的男二，挑拨离间男主和女主的感情。现实生活中，有没有遇到过这样的事情？"

"现实生活中，大家都是自由恋爱吧。一般男的和女的确定了关系后，周围的人应该都知道，所以也不会使用什么很极端的手法。"

"噢，是吗？可我见你演得特别逼真，好像亲身经历过似的。"

"演戏的确要靠人的想象力，把自己带入剧中的角色，替换不同的性格。就像里面最后开枪射男主一样，虽然我连真枪都没有摸过，不过看上去也很逼真吧。”

“林萱知道你拍这部电视剧吗？她怎么看的？”

“这个……我得要先去问问她，才能回答你们。”

在一次又一次的访问之后，有些记者已经发现，杜云修面对媒体的方式不同了。在以前，不想回答的问题，他要么微笑，要么沉默不语。而现在，杜云修似乎以一种低调而惊人的速度成长着。有些问题，他看似说了很多。但是等你整理他的回答时，问题的重心他只是轻描淡写地带过。面对一些棘手的问题，也开始有了不同的策略。如果是态度不那么强硬的女性记者，那么云修一边说一边会看着对方的眼睛。

云修的年龄不大，才二十六岁，但是眼睛里却带着点沧桑和忧郁。

那种忧郁是隐隐闪现的，只有偶尔一丝笑容中，才透了一点，但就是这种若有若无的苦涩，很容易激起女人天生的母性。

如果摆明了是找碴，问题非常尖锐，杜云修要么推给经纪人，要么等对方来意不善地问完一长串之后，轻轻地说一句：“没弄清你的问题，请再重复一遍好吗？”若是对方真的再次问一遍，杜云修才会开始缓缓地问答。先说一些无关紧要又挨着点边的话，完全控制着访问的步调，等说了好一会儿后，便淡淡说道：“时间不够了，我们继续进行下一个问题吧……”

杜云修的人气不在了，负面新闻漫天。

可是那些经验老到的娱记却悄悄发现，他有了人气最高时也没有的沉稳和掌控力。

一转眼四个多月就过去了。

在 ESE 的故意安排下，杜云修接了两部电影、三部电视剧。有时一连两三天都没有时间睡觉，整个人都累瘦了。

与此同时，林萱的肚子越来越大。

杜云修在外拍戏时，封景代替他来照顾林萱。因为两人无微不至的照顾，林萱的心情相当好。只是人怎么也吃不胖，由于贫血引发过两次晕倒。情况的确不算好，但是大家都刻意避开这点。在这个圈子十几年，林萱和封景虽然没深交，但是对方的事情也有所耳闻。封景一度私生活糜烂，而林萱，要说没有人捧，也不太可能。即使之前表面上都过得去，但是真正在生活中接触后，双方在最初都没放下戒心。不是因为自己，而是担心杜云修被对方利用、欺骗。

杜云修还在拍戏，这边的天气已经很热了。林萱想去探探班，自己是孕妇，杜云修如果知道肯定不同意，所以让封景陪着她开车带她去，事先并没有告诉杜云修。

这次是个古装剧。在影视基地拍摄。大热天，要拍摄冬天的戏份。古代的服装非常麻烦，里三层，外三层。一场戏下来，整个人都要捂出痱子了。林萱和封景到来的时候，杜云修正在拍戏。两人不想惊动他人，所以只是朝工作人员点点头，在不起眼的角落站着。

一群人在茶馆闹事。

杜云修演的是独眼龙。一只眼被精致的黑色眼罩遮住，长发斜逸了下来，整张脸隐隐透着几分逼人的艳色，却是个心肠狠毒的角色。这一场是他带着兄弟故意找碴，闹得整个茶馆人仰马翻。最后把老板一家全杀了，就连几岁的小孩子也不放过。

杜云修披着仿银狐毛的裘皮披风，腰间两指宽的玉带，一双紫色绣金线的深靴。

即使监视器后的导演都不断地对着电扇吹，他仍像是丝毫不觉得热似的，腰间的软剑从后杀死小孩子后，掏出白色的帕子将剑上的血渍擦掉，动作阴柔中带着艳毒。

“Cut！”一条顺利通过。

耀眼的反光板撤下，灯光熄灭，刚才安静的片场一下子像人声鼎沸的茶楼，演员们以极快的速度脱下戏服，全身汗津津的，大叫“热死了！热死了”。这是外景的一个戏棚，没有空调，只有几个拉线的大型电扇，主要演员和导演几乎都靠着电扇。

杜云修身边连个小助理都没有，等脱完戏服后，电扇前面已经挤满了人。头套边角全是细密的汗珠，里面的中衣汗得透湿，流畅的背脊线条都映了出来。杜云修看了眼电扇后，没有说话，走到了旁边一块比较阴凉的地方，拿出一个小巧的自动小风扇。

那是女明星用的那种，林萱给他的。约有一公分长，装上两节七号电池，三片小扇叶就可以自动扇风。但是覆盖面积有限，只能吹到一小块，完全无法同那种大型的电扇相比。

杜云修还没坐一会儿。

“搬灯箱搬灯箱，你，去帮忙搬一下。”场记指挥调度，手指点了点杜云修。

“嗯？”

“怎么？难道要三催四请？”场记没有好口气。

一些演员在吹电扇，一些工作人员在忙自己手上的事情。天气燥热，大家都大汗淋漓。一旁休息的主演和导演注意到了这件事，可是，没有人出声，都抱着一边纳凉一边看好戏的心态。

杜云修坐着没动，没有答理他。

“切！还真以为攀上个国际影后，自己就是大土巨星了！”见对方无视自己，场记面子拉不下来，故意讥讽道，“剧组的命令也不听，噢？场记问话，不回答。真是好大的脾气啊？！”这次的场记和导演都是ESE的。公司对杜云修是什么态度，心里知根知底。对方早就不是什么人气偶像了，只能演个小配角，趁机踩踩他怎么了？！

杜云修看了场记一眼，没有说话，但是已经站起身，把手中的小风扇放下，朝灯箱走去。

“只会吃软饭的小白脸。”

场记声音不大不小地骂了一声，一屁股坐在杜云修刚才的位置上，拿起小风扇对着自己吹，旁边听到的工作人员肆无忌惮地跟着笑了起来。

“——吃软饭也要有这个本钱吃！”一道冷冷的女声传来，众人心一惊！

林萱被封景扶着，扶着肚子，走了进来。封景不怒反笑，林萱眼底含怒，女性的声线本身就比较尖，刻意加重力道之后，整个摄影棚都听见了。

主演和导演一愣，没想到居然能见到林萱！

这部电影不是什么大制作，导演和主演有些资历，可林萱毕竟是扬名海外的，就算她现在被人甩了，但是瘦死的骆驼比马大。她的身份和地位在这个演艺圈还是高不可攀。

林萱今天化了妆。

整个人显得冷艳动人，甚是逼人。导演生生就察觉到了一股凉意。

“你怎么来了？”杜云修很惊讶。

“回去再跟你算账。”封景靠在杜云修耳旁，低低哼了一声。

刚才的情景是他们根本不曾想到的。杜云修从没在他们面前抱怨过，从没说过自己在 ESE 的处境，自己在整个娱乐圈的处境。所以近来隐退的封景和林萱完全没有料到，一个小小的场记都敢对杜云修大呼小叫。他们先开始以为那个小场记是新人，不懂规矩，但是过了一会儿后，发现根本没有人训斥场记，反而是在看杜云修的笑话！

即使不相信，但是也大概猜得出来，杜云修的境地真的很糟糕……

只是杜云修从来不说，所以他们从没有往这方面想过。

“很明显，”林萱来到小场记跟前，冷冷剜了一眼，从对方手中一把抢过小风扇，指甲在对方手背上清晰地留下几道印迹，“你下辈子，下下辈子都不会有这个机会！”

“我们回去！”林萱和封景一左一右拉着杜云修的胳膊。

“啊？回去？他下场还有戏——”导演愣住了，然后马上在后面猛喊起来。

“不、拍、了！”林萱和封景异口同声。

“——这、这是违约！”

“违、约、费、我、出！”林萱和封景再次异口同声。

一沉百踩、捧高踩低的事件司空见惯。杜云修觉得没必要跟一个小场记计较，对方只不过做得明目张胆了一些。在一旁看笑话，或在背后落井下石的人更多。

他的工作是演戏。

既然要领薪水，要拍戏，就要承受相应的人情冷暖，钩心斗角。如果真的拍一部，因为其他人的冷嘲热讽，就辞演一部，那到最后估计都没人敢请他拍戏了，全部的家产也不够赔违约费的。虽然杜云修不计较，封景和林萱却说什么也不准了。林萱找的理由很直接，一副孕妇最大的神情：“不是我不让你接那些角色。是肚子里面的宝宝不让，宝宝想让干爹多陪陪他。”

而封景在把杜云修从片场拽回来的当晚，就找他“算过账”。

“当初是你让我辞职的，说不会发生什么事。现在好，一个小场记都敢骑到你头上。如果你还接那些戏，要么我回 ESE，要么我和林萱天天去片场盯梢！”

两个人一个唱红脸一个唱白脸，软硬兼施。

杜云修只得硬起心肠，把手上的片子都推了。新派来的经纪人不高兴，打电话不分青红皂白地骂了一顿，结果电话是封景接的，当场就把那个经纪人训得噤若寒蝉，连连道歉。

这个世界上，欺软怕硬的人不少，尤其是在争名夺利的娱乐圈。

第十章 / 最后的时光

随后的几个月，ESE 大反其道，一部戏也不给杜云修接了——让他放假，好好去照顾“孕妇”。这自然是话里有话，不过杜云修也不在意了。林萱还有两三个月就要生了，封景和杜云修两个大男人小心翼翼，非常紧张，又是煲汤，又是在婴儿店挑选一些颜色粉粉的小衣服、小袜子，搞得林萱经常笑话他们，好像怀孕的是他俩似的。

林萱的父亲早逝，母亲爱赌。

早些年的片酬全部拿去还赌债，母亲却还是难戒赌瘾。一次又一次地要钱，最后一次林萱替母亲还了五百万，放话给那些人，她已经断绝母女关系，不会再替母亲还钱了！让他们不要再借给她！

那是最没有办法的办法。

她只能狠下心来这样做，否则到最后连她自己都会赔进这个无底洞。

在她怀孕——一个女人一生最重要的过程，母亲还是没来看过她。加上医生说，这胎有危险，分娩可能有困难。林萱心底其实并不是像表面表现的那么乐观和开朗。但是，因为有杜云修在，所以她可以假装没有那些危险的、不开心的事，假装自己还是十几年前，刚出茅庐的小女生，可以在杜云修背后任性、撒娇……

林萱躺在沙发上，惬意地翻着一本时尚杂志。

这个沙发是封景以前经常霸占的，但是现在变成了她的，前面的茶几上放着刚刚煲好的大骨汤，丝丝冒着热气，是杜云修煲的。

现在他们三人的分工就是，封景买菜，杜云修做饭，她负责吃。

虽然怀孕之后，她增重了十多公斤。

整个脸都变圆了，肚子更是大得难看，但是俊美的杜云修和封景还是天天在她面前称赞她是全世界最美的女人。

“唉，看那些模特穿的衣服，以前我也可以的。”林萱看着杂志上的模特感叹。

“你生完 baby 后，照样可以。”杜云修坐到沙发上的另外一端，帮林萱按摩起小腿来，孕妇很容易水肿。

第一次做这件事的时候，封景的表情……很奇怪。

后来次数多了才渐渐适应，不过两人独处时，封景还是忍不住说了一句：“如果我是林萱，肯定会爱上你。你实在对她太好了。”

“是啊，你比那些模特漂亮多了，看她们瘦得连胸部都没有了。”封景在一旁打趣道，“林萱，我看你呀，怀孕后胸部直接从 D 变成了 E 了吧？”

“去你的，你什么时候对女人也这么有研究了。”林萱脸色微红地笑骂，但是目光扫过内页彩插的婚纱照后，眼里还是浮现了一抹遗憾。

她都快生孩子了，却没有结婚典礼，也没有穿过婚纱跟心爱的人在牧师面前发誓……

林萱羡慕地用手指轻轻抚摸了一下杂志上美丽纯洁的白色婚纱。身边的杜云修注意到了这个细节，看了看林萱眼底的希冀和遗憾，又看了看上面穿着雪白婚纱的模特……

“……云修，我还是想穿次婚纱。”林萱咬咬唇，还是忍不住开口，望向杜云修的眼睛里有祈求，也有一丝怯弱。

杜云修没有马上回答，而是飞快地看了一眼封景。

封景听完一愣。

“不是结婚注册的那种啦。只是，想穿一下……女人嘛，有时总会有些奇奇怪怪的念头……”林萱停顿了一两秒，赶紧笑着给大家找台阶下。

“那就穿吧。”倒是封景先开口。

杜云修一怔，目不转睛地望着封景。

封景姿势慵懒地站着，眼睛细细长长，缎子般的头发垂在背后。他探前一步，修长的手指从林萱那里抽走杂志：“Vera Wang（王薇薇）的婚纱，难怪这么漂亮。你穿了，肯定比这个模特还漂亮。”

“不过，”封景轻勾唇角，“光有新娘，没有新郎，拍起照不会好看。不如再订一套新郎装……让云修凑合凑合，我嘛，摄影技术还不错，帮你们拍拍照。照丑了的话，不许嫌弃。”

封景认识的朋友中，有人有私人度假小岛。

封景跟对方有些交情，主动找对方商量，岛主最后愿意借给他们几天。漂亮的海边，沿着海岸线种了许多椰子树。树干粗壮笔直，上方伸出巨大的绿色长叶，犹如伞盖一样。

对方的私人海滩限制很严。没有游客，也没有狗仔。

杜云修一行人来到这里后，住在对方的别墅里。白天杜云修和封景拿着锤子，在岸边叮叮当当，搭建小木桩。晚上扶着林萱，吹着海风，沿着海岸线惬意地散步。

几天之后，小木台终于做好。

林萱穿好 Vera Wang 的婚纱后，杜云修遮住她的眼睛，和封景一左一右地扶着她，慢慢地走到这里。等林萱摘掉蒙在眼睛上的白色蕾丝后，简直被映入眼帘的景色惊呆了。

碧海蓝天，金黄色的沙滩。

落日夕阳映照在海面上，仿佛油画一般充满质感，海边停着几艘白色的帆船。海岸有个四方形的小木台，四面用尼龙绳吊起，雪白的柔纱裹着漂亮浪漫的柱子，轻纱被海风吹得蹁跹飞舞，迷人的红玫瑰点缀在白色的帷幔上，风吹起来的时候，会有带着香气的花瓣随风飘落。

跟她以前幻想过的结婚典礼一模一样。

不，甚至还要浪漫。

林萱双手捂住嘴，激动得难以抑制。

一旁的杜云修早已换好一身笔挺帅气的白色新郎服，牵着她的手，注视着她："喜欢吗？"

林萱觉得自己幸福得快要掉下泪来，好像时空真的倒流了一样。

眼前的云修和前世那个人的脸庞重合……虽然是不一样的长相，但都是一直温柔、包容、坚定、正直得让她无法从对方身上收回自己心的那个人。

林萱点着头，含着眼泪，用力地点点头，再点头。

直到以后的某天，林萱才同杜云修说道："对不起，一直利用你。"

"其实……最开始并非就真的相信你是杜飞。

"只是因为我太想他，只是因为我太想要他陪着我，所以才想相信。

"因为是杜飞，所以才相信你……因为是杜飞，所以才愿意相信你说的那些话。所以，才想相信，你是杜飞。但是，不管你是杜飞，还是杜云修，不管是不是真的有可能重生。我都很感激你。谢谢你，让我感到幸福，让我度过了非常快乐的一段日子。

"在我心中，跟真正的杜飞，度过的日子永远是最快乐最幸福的。跟你，跟你和封景在一起，被你们悉心照顾的日子，仅次于此……"

结婚进行曲在此时响了起来。因为怕被狗仔队知道，所以没有请乐师，但是封景还是细心地从网上下了歌曲。封景穿着黑色的伴郎服，狭长的眼睛弯起，一手拿着相机，一手递给林萱一撮可爱的白色捧花："果然很漂亮。"

"……谢谢。"

也许最初两人心底对对方都抱有防范，担心对方会对云修不利，但是在戏棚两人异口同声地说出"不拍了""违约费我出"之后，中间的那些试探和微妙的隔阂，一瞬间都消失了。

那声谢谢，林萱是真心实意的。

趁着光线不错，封景拍了很多张照片，有林萱和杜云修的双人照，也有林萱一个人的单人照。镜头下的林萱，不愧是国际影后，怎么照都是最美的，最幸福的……

林萱朝封景招了招手："过来。"

封景正在调整镜头，看到林萱的手势后挑了挑眉，却还是走了过去。

"你拿着。"林萱将手中白色漂亮的捧花塞进封景手上。

"这个？"封景嘴角勾起，右眼下方的泪痣闪了闪，"接到捧花的将是下一个结婚的人了？"

"嗯……so（所以），那就是你了。"林萱绽开笑容，从封景手中抢过照相机的同时，在他耳边说道。

"云修，以后就要靠你照顾了。总有一天他会重新回到影坛——演戏的杜云修，才是真正的杜云修。"

封景还没回过神来。

林萱已经开心地朝杜云修喊道："云修，来，我给你们拍几张！不要光拍我，你们两个人这么帅，不拍太没天理了。"

金黄色的夕阳。

穿着雪白婚纱的林萱流露出最甜蜜最幸福的笑容，她的镜头中，白色西服的杜云修和黑色西服的封景站在一起，两人身长玉立，英俊潇洒。他们各有特色，但并肩站在一块儿的时候，却有着天衣无缝般的默契。

仿佛，命中注定如此。

这一天的记忆，犹如林萱亲手给杜云修和封景拍下的照片那样珍贵，深深地刻在了两人的心里。

最美的，最后的，幸福时光……

时光流逝。

曾经风头正劲的傅子瀚和厉道，一个执掌皇冠荣耀后再没拍戏；一个跟裴清分手后，当初的那些耀眼的音乐灵感，就像火焰一样全数熄灭。再也没有一首歌，能像跟裴清在一起时，那样令人心潮澎湃，那样脍炙人口……

再也没有任何一个新组合能像当初的 Legacy 那样蹿红，不管娱乐公司和经纪人如何复制。

再也没有任何一个新人，能像傅子瀚，或者厉道那样，人气超爆。

而现在，林萱已经去世一年。当时产下的宝宝在婴儿保温箱里放了整整两个月，才艰难地活下来，那时杜云修和封景生怕有半点闪失，日日夜夜细心照顾着。而后，这两人仿佛从大众的视野里消失了一样。只是偶尔听闻，他们去了国外，冲击国际影坛。

媒体没有新闻可炒，仿佛一起从鼎沸的高峰回落到平淡寡味的时期。

在不景气的环境下，在没有能够成器、有实力的新人接班的情况下，当初那些抨击杜云修的粉丝，也开始怀念起来……

有些粉丝终于想起云修的好来。

“现在想想，他真的演得不错。”有人开始在论坛上大贴截图，“任何一个角色，哪怕是小角色都演得很好。”

“形象很多变，都没有重复过。”

“偶像的时候能偶像，要显功底的时候又能把戏撑起来。演过主角，再演反派和小角色，也能放下架子。”

“当初就有很多导演夸过云修，说他是最有天赋的演员。当年金柏奖的最佳新人奖竞争可激烈了！最后还是云修获得了！第一部电影就获得最佳新人奖，第二部电影就获得影帝提名。”

“是啊是啊。”跟帖的人渐渐开始赞同。

“当初跟云修争的那个是褚风吧。他最近又有电影快上映了。”

“嗯，就是他。不过我觉得他没有云修的演技好。没有云修细腻，也没有云修深刻。就那样还被媒体夸为是谢颐第二。”

“怎么能跟谢颐比？人家谢颐上个月在威尼斯获得了影帝的称号！”

“唉，要是云修还在就好。我觉得云修更有潜力。不知道他什么时候再回来？”

然后，是寂寞。

云修，你到底还回不回来演戏啊……

“《皇家冒险》特效惊人，极度震撼！”

“《皇家冒险》公映首日票房超过八千万美元！”

“《皇家冒险》北美破六亿美元，全球票房超过十八亿美元！”

……

《皇家冒险》集美女、冒险、神秘的宝藏于一体，票房以火箭般的速度一次又一次创下纪录，九成的观众看完后都大呼过瘾！刺激！在电影受到强烈欢迎的同时，一些影评人和粉丝惊讶地认出：“那个东方男是云修！”

“哇，没想到云修也有这么帅的时候！”

“虽然男主角很帅很英俊啦，但是云修演的男配也迷死人了，好让人动心……”

原本死寂般的云修官网，又重新活络起来。

“这是云修什么时候演的呀？”

“这么好的片子，怎么没有消息？早知道的话，就可以去片场探班了！”

“是三年前拍的吧，据说这个电影的后期特效都做了两年……”

媒体们争先恐后地报道，这种创下票房奇迹的电影有着跟明星绯闻同等的吸引力。一些精明的媒体记者更是将目标瞄准到杜云修身上！虽然对方已经两年多没有出现在屏幕上，但是又有什么关系？云修作为唯一一名亚洲明星，参演到这部轰动全球、票房创下十八亿美元奇迹的《皇家冒险》中，对于国内的演艺界来说，是何等面上有光、何等骄傲的事情！这样可以进入到世界电影票房排行榜的事，在某些影评家眼中，甚至比谢颐在威尼斯获得影帝称号更让人激动。

杜云修的身价一夜之间就水涨船高，地位飙升。

眨眼间，杜云修又重新回到了娱乐版的版面上——并且是以头版头条的新闻来报道。他的任何一个动向、任何一句话，都会引起极大的关注。而与之相伴的，那些“Legacy 组合”“车祸”“辞职门”“雪藏”“林萱事件”，也重新被提出来……

一时间，毁誉参半，引起极大的争议。

那些新闻有部分是记者想争版面，有部分是其他娱乐公司担心杜云修红得太快，光芒盖过了自己旗下的男艺人，因此让记者借机生事，搬出以前的事情抹黑他。

但是，跟当初封景在 ESE 却无力回天的情况不一样。

此时封景正陪着杜云修跟电影导演 Luc Rohmer（吕克・侯麦）参加国外的后期宣传和节目，他早已联络了些有分量的记者。不同于在 ESE 时的银弹公关攻势，现在的封景采用了另外一种策略——如果想要云修在国外第一时间的照片，就必须正面报道他。如果想要云修跟法国导演 Luc 及主演等的独家重要消息，就必须头版头条全力宣传，并且在报道中帮忙澄清相关不实的传言或者绯闻。

封景这个策略不仅奏效，且十分懂得扬长避短。

他们现在的资金当然不可能跟 ESE 或者皇冠荣耀那种专门的公关费相比。相较于花钱请枪手捧云修，不如直接用他的独家新闻来交换。封景完全把握住了那些资深记者的心态——有时一笔公关费已经打动不了他们了。跟随时可以获得的公关费相比，他们要的，是更有分量、更能引起轰动，能往自己资历上再添一笔的新闻！

这边的杜云修正跟着法国导演参加一个类似于时尚颁奖性质的晚会。

这个晚会是由一个非常大品牌的美国公司赞助的。《皇家冒险》在美国无人不知，对方早早就热情邀请了女主、男主角还有法国导演。而杜云修作为极少数的亚洲明星面孔，举办方衡量了一下嘉宾名单，为了把自己的颁奖晚会打造成全球性质，最后也发给了他一张邀请卡。

“礼服还合身吗？”Luc 打电话过来，“待会儿我就直接去红地毯了啊。”

“非常合适。”杜云修看了眼镜子中的自己，黑色西服设计时尚，剪裁完美，亮光的翻领，映得整个人极有精神。一旁的封景正半弯着腰，为他扣上蓝宝石袖扣，更显身价。

自从林萱去世后，Luc 就像是为了弥补遗憾似的，对他非常照顾。

无论是各个国家的宣传、首映礼，还是美国的一些媒体采访、电视谈话节目，Luc 都不忘大力推荐他，将他摆在跟女主、男主并重的位置上。

杜云修对此非常感激。

Luc 却说道：“要谢就谢谢林萱吧。也许，她真的是有预感……最后的时候，她有写信给我们这些老朋友，说万一挺不过，希望我们能帮忙的时候帮一下，说你是非常有天赋的演员……”

“怎么样？”杜云修对着镜子照了照，里面的青年身形修长，神情收敛，却有股让人无法忽视的气场。

“不错。”封景歪着头，目光从上往下审视了一圈，“不愧是名家设计。”

“是啊，多亏了 Luc 帮我预订。”杜云修整了整衣袖，却从镜子中瞥见封景狭长的眼里非常快地闪过一抹光。

“又有什么好主意？”杜云修了然地笑了笑，目光温和地通过穿衣镜的反射望向封景。每当封景露出这种眼神时，杜云修心里就清楚，封景有些跃跃欲试了。

这一两年的相处已经形成了他们俩都没察觉的默契。

“会冒险的。”封景指间夹着邀请卡，勾唇说道，细细长长的眼睛同样透过镜子望着杜云修。

“反正又不是第一次了。”杜云修微笑道。

红地毯。

各色头发、各种肤色的国际巨星们在一片璀璨星光中，从豪华奢侈的轿车里优雅下车，穿着国际名家设计、能够带动全球潮流、最新款最时尚的晚礼服，踏上鲜红亮丽的红地毯，一走进会场，最精英的记者和摄影师们全部汇集在此，但他们手中的相机却永远不够拍！

那些巨星都是多年修炼出来的气场。

女明星们，一抬头，一回眸，都透着独特强烈的个人魅力，完全无法比较谁比谁更具吸引力。而男明星们，一律穿着极其服帖的手工西服，个个蛊惑力十足。就在镁灯闪个不停时，一个黄皮肤的亚洲明星走上了红地毯，他身材修长，没有西方明星那么壮，那么性感。一旁的美国记者们甚至记不起他叫什么名字，但是，他们手中的快门却按个不停——因为，除去穿裙子的苏格兰男明星，整个红地毯上没有人比这个亚洲男明星的着装更有特色！

唐装。

黑色布料，金丝线镶边，双排盘扣，领口绣云龙纹的黑色修身长款唐装。

而腰间，则是《皇家冒险》中使用的皮鞭改良成的腰链！

杜云修在金黄色的主题板签下自己的名字。

又配合国外媒体摆出《皇家冒险》里面的一些招牌 Pose（姿势），虽然不像当初密集训练那样，鞭子玩得顺手，但是架势还在那里，气场十足。媒体记者在小圆柱红绸护栏前兴奋地跟着喊："Kong Fu! Chinese Kong Fu!（功夫！中国功夫！）"

后面的女星从红地毯过来了，杜云修笑了笑，优雅地做了一个绅士"请"的动作，把位置让出。封景已在一旁等候，他一身银色的西装，头发整齐地扎成一束，垂在背后，整个人在一片璀璨的银光中，暧昧而唯美。

"似乎效果不错。"封景挑了挑眉，细长的眼睛含着笑意，"主办方的品牌布料，中式的唐装，《皇家冒险》的招牌长鞭。就算那些外国的记者再说什么中文名字很难记，看到这个鞭子也应该知道你是谁了！"

特色，卖点，还给足了举办方的面子。

"你的主意，向来无懈可击。"杜云修望着封景的眼睛说道。

这个时尚颁奖晚会邀请的都是当下最红的演员和歌手。

主持人极其幽默搞怪，台下笑声连连。获得最佳上镜奖的女歌手，是今年"Idol（偶像）"这个歌手选秀赛的冠军，人气爆高，专辑销量更是可观。

中途封景接了个电话，离开了一下。

现在的封景非常忙，一直在为工作室的事情奔波。他们两人目前看似在国外亮眼，备受欢迎，但是好莱坞每天都有无数国家最优秀的艺人拥入，身后的团队包括艺人本身，都在努力用各种方法巩固着自己的地位，寻找更多的机会。一旦这次《皇家冒险》的热潮过后，若是接不到同级别能创下票房、或者能稳固名气的电影，那杜云修只会被好莱坞迅速遗忘……

而在国内，虽然成立了封云工作室，经纪约在他们自己手里，但到底是自己拉投资拍片，还是签别的剧组，现在还在考虑当中。

封景这次出去的时间有点长。杜云修几次瞟过旁边的侧门，也没有见到封景回来，最后一次视线掠过的时候，似乎前面 VIP 座位的人感受到了，隔着几排座位的空隙，回过头看了一眼。

视线越过中间嘉宾在空中相遇。

那人有着一双高贵如蓝宝石的眼睛，如同他的气质，低调而优雅。被这样蔚蓝色的眼睛看着，杜云修的心突然跳慢了一拍。

对方微微一笑。

对方的周围似乎是保镖模样的人。

只见那人对保镖低声说了两句，身材高大的严肃保镖马上穿过几排座位，来到杜云修这排。不知对杜云修旁边的嘉宾说了些什么，对方往前看了一下，眼底顿时有种受宠若惊的神采，不一会儿就离开了自己的座位。

保镖挤进来，身旁的嘉宾再挤出去。

这样的动作已让有些艺人非常不满，来这里的都是大牌，心高气傲，被这样频繁地打扰心生不悦，但是这并没结束。因为马上又有人过来了，这排的嘉宾正要皱眉，但一见对方却立刻换了副表情，亲切地打着招呼，把自己的身体往后缩，让出空间方便那人过来。

杜云修疑惑了一两秒。

“好看吗？”低沉而优雅的英语在耳边响起。

杜云修一怔，侧过头看了一下，这才发现刚刚在前几排 VIP 座位上的那个蓝眼睛，已经坐到了自己的身边。对方的英语说得很动听。这种英语不是美式发音，也不是充满贵族感的英式英语，而是带着点法国卷舌音，尾音非常迷人。

杜云修和封景在国外已经有些日子了。尽管封景在国内如鱼得水，在国外却要重新学习语言。遇到一些访谈邀约，也要先通过口译翻译，这时常令封景烦心。

但杜云修却没有语言障碍。封景也曾惊讶杜云修怎么法语、英语都懂，杜云修用“以前在 T 大修过”为由含糊带过。

“很有意思。”杜云修保守地回答。

对方蓝色的眼睛带着浅浅的笑意，点了点头，每一个细微的动作都透着不张扬的优雅，眉宇之间更有种让人不自觉就会尊敬的气质。

杜云修暗暗观察起对方来。

金黄色的头发，蓝宝石般的眼睛，烫得笔直的白色翻领衬衫，黑色西服近乎完美。右手腕戴着一块表，令杜云修觉得奇怪的是，这块表不是什么有名的牌子，既不是 Patek Philippe（百达翡丽），也不是 Rolex（劳力士）。

“在瑞士定的，等了一年多。”

那人见杜云修的视线停在自己的腕表上，轻轻描述了一句。

杜云修显然不是暗处观察人的高手，一下就被对方发现了。虽然那人态度温和，一点也没有让人难堪的意思。对方太过轻描淡写，所以此时的杜云修并没真正了解到那句话的含义。直到不久后，才发现那块表是对方亲自飞到瑞士定制的。看似普通，没有镶钻，并不奢华的腕表，却是在当地一家技法家传的手工表店定制的，每一个零件都是纯手工制造，这样的纯手工做法大大限制了手表的数量，所以每年仅有数件。

“你在《皇家冒险》中的表演我看了，演得很好。”

“谢谢。”

“没想到……你会选择演戏？”

“是啊。”

“我以为你对经商更感兴趣。”

“……我现在喜欢演戏。”

杜云修越听越不对劲，难道对方认识自己？重生后那么久，只有一些自称是 T 大同学的人被记者访问过，说的也是一些日常小事。这具身体原先的主人，没有父亲，母亲未婚先孕而后去世，几乎没有什么关系亲密的人。但……这个外国人的语气，为什么像熟悉他似的……

“那个时候……”对方还要说些什么。

“我下周要回国一趟。”就在这时，封景回来了，和那个人的声音同时发出，但杜云修注意到的却是封景。

“嗯。”不管封景有什么决定，他都完全信任对方。

“他是？”一旁的封景用眼神询问，他从侧门进来后，一眼就看到这个金发蓝眼的人在跟杜云修交谈。

封景不认识对方，在杜云修身边这么久，也从未见过这个人出现。但是杜云修和他交谈的时候，两人之间却奇异地有种熟知已久的氛围，这让封景心底隐隐有种莫名的紧张。

杜云修摇摇头，表示也不知道对方的身份。

那人的眼睛闪了闪，蓝色的眼睛轻轻看了杜云修一眼，然后起身离开。

杜云修有种心突然空了一块的失落感。

一旁的封景像是明白了他内心的感受，手放在他的手背上，将杜云修的注意力转回来：“我这次回国，要谈一些事情。如果成功了，以后电影的选角你就有优先权。现在，《皇家冒险》的这波宣传已经快结束了，我们要作的决定是，继续留在这边等待其他的机会，还是定期回国接一些其他的？”

现在的局面，其实有点举步维艰的感觉。

《皇家冒险》创下了票房奇迹。如果回国再次演电视剧，肯定不符合如今的身价；如果想参演国内一流的电影……这类主角的挑选一般都跟投资方的娱乐公司签有优先权，要凭工作室的能力去争取，困难不小；自己投资自己拍摄，不是不行，但能调用的资金，还有发行渠道，都是很严峻的问题……

这件事其实已经讨论很久，只剩下最后的决定。

“回国。”

杜云修看着台上美式幽默的主持人，最后坚定地作出这个重要的决定。

这个地方再好，目前仍有极大的陌生感。

今晚的时尚颁奖很热闹。

但是对于封景和杜云修却是意义完全不同的一天。他们甚至不知道，第二天美国的主要报纸会大篇幅聚焦杜云修。不仅首页有杜云修身着唐装、手持鞭子的图片，下面的消息甚至近乎专题性质的报道，将他从步入演艺圈到现在的影片一一点评了一番。最后说道："他是一个极有天赋的演员。饰演的每一个角色都极富魅力，并且性感至极。《皇家冒险》选用他，是非常棒的决定！"

当翻译把这份报纸翻译给封景听，封景第一反应就是——有人在背后捧云修！

随即，Luc打来电话："Derek（德里克，杜云修英文名），你昨晚跟Brauchli（布劳克里）谈了些什么？他对你的印象好得不得了！他可是BR传媒集团的继承人……再告诉你一个好消息，《皇家冒险2》的资金已经到位，剧本也写好了，有没有兴趣加入续集？"

第十一章 / 我曾经，也相信过你

杜云修和封景一行人回到国内。外联公关的事务是封景一手包办，封景执行能力很强，才几天就搞定了五星级酒店作为记者招待会会场。其他一些有头有脸的人物，跟封景有交情，或是被封景带过的明星艺人也会前来捧场。而具体的媒体邀约则是交给封景以前的老友创办的公关公司负责，确保几大报纸都会头版头条、正面地宣传报道。

“感觉怎么样？马上就要正式宣布封云工作室成立了。”封景放松地靠在沙发上，长发慵懒地散了下来，隐隐闪着流光。

“辛苦你了。没有你，就没有这个工作室！”

这几天封景忙得几乎不见踪影，有时连杜云修也不知道他在哪儿。但杜云修明白，如果没有封景，这个工作室是不可能成立的，对于封景的付出，他心中溢满了感激。他心疼封景的辛苦，却没有更好的办法表达他的心情。

封景眼神闪了闪。

以前，他为厉睿也是这样竭尽全力，对方却从没说过没有他，就没有 ESE。他的付出，从未被厉睿真正地肯定和认同过。

封景无声地笑了笑，然后，神情渐渐变得严肃："还有一件事，我要告诉你。"

"嗯？"这样的改变，杜云修觉察到了，也跟着认真起来。

"工作室正式成立的记者会上……厉睿要来。"

"他？厉睿？"杜云修错愕，"他来做什么？"

"事实上，是我邀请他的。"封景低垂着眼睑，不急不缓地说着。

"等等，这是怎么回事？当初他……"杜云修觉得完全无法理解，"当初他那样对待你？难道——他又威胁你了？"杜云修着急地看着封景，一想到厉睿要玩什么花样，他就非常担心。

"没什么。"没想到封景只是笑笑，"他是过来签合约的。"

"合约？什么合约？"

"嗯。"封景细细长长的眼睛弯了起来，让杜云修放心，"优先权合约。以后只要是ESE投拍的电影，我们每年有三部主演优先权。简单来说，如果ESE一年拍十部电影，我们可以挑选其中任意三部，由你担任主角。"

"根据以往你的工作量，在不包括国外或是其他的计划安排下，一年三部电影就可以完全满档。"封景勾动唇角，"不过这一点我已经谈好了，要是一年的优先权没有用完，可以积累到下一年，以此类推。主动权在我们手上，ESE则没有权力对我们做其他要求。"

"……但是，ESE为什么会做这样的事情？对他们没什么好处吧。"

杜云修对幕后的这些运作不了解。

虽然封景说得头头是道，分析得似乎很透彻，但他还是心存疑惑，看不出ESE的目的。

"为什么不会？"封景调开视线，以一种很正常的口吻说道："每年电影公司手上都有一份评估表，按照票房和奖项，对一个演员的商业价值、人气、票房号召力进行评判。"

"虽然你在《皇家冒险》里面饰演的是男二，但是你的出镜时间已经超过十五分钟，所以那十八亿多的票房可以算在你身上。国内没有哪个演员能跟你比，就连谢颐也做不到。”

“这、这样都行？”杜云修觉得简直不可思议。

“当然。”封景认真地点点头，然后轻笑道，“况且你还要演《皇家冒险2》，可惜经纪约在我们自己手中，否则其他公司一定想要你想得疯掉。”

封景停顿了几秒后，继续说：“工作室也不是不能拍。只是一部大制作电影需要的资金太多了。我们现阶段还达不到这个程度，小电影如果不是特别好的剧本，我觉得没有必要接。虽然我跟厉睿……你都知道的，”封景微微苦笑了一下，“但是目前国内整个演艺圈，ESE、品优娱乐、皇冠荣耀，衡量他们的人脉、资金、规模、运作方式，最好的选择还是ESE。当然，等我们再积累一些，光凭你的名气就有投资商愿意投资时，我们也可以完全不理ESE。演我们自己的电影，这个跟优先权合同完全不冲突。”

一切似乎听起来都没问题。

不选皇冠荣耀的原因，大概是封景知道自己和傅子瀚的事情。看上去张扬的封景，其实却是这样的细心。而品优娱乐，一来作风比较保守，实力没有ESE雄厚，二来这几年捧的就是褚风，自己和褚风同期出道，会带来更多的比较，未必好平衡。

“……这样啊。那，记者会什么时候开始？”封景给的理由都很充足，都是对工作室最好的，对他的发展最好的，杜云修当下实在想不出别的原因。

“下个周末，Roman（罗马）酒店十八楼三号厅。”

“这几天会有专门的公关公司过来，帮我们审视衣着、谈吐和遣词，还会有通稿，周一主要报纸都会发布封云工作室成立的新闻。当然，厉睿的到来，也会增加曝光率。所以也算是正式告诉演艺圈——我们回来了，背后有ESE，让其他人客气点吧！”封景笑着说，“该利用ESE的时候，我不会手软。”

“真的……辛苦你了。”

相较于封景对整个宣传攻势的自信表现，杜云修深深看向封景狭长的眼睛，却只想说这一句。

如果不是因为他，如果不是他要照顾林萱，照顾林萱的宝宝，封景也不会跟着退出演艺圈这么久。封景的能力，无论是在哪里，无论是在哪个公司，都可以做出亮眼的成绩！

张扬、精明而狡黠的封景。

脆弱时……却不想让其他人知道的封景。

Roman 酒店十八楼三号厅。

下午两点整。

整个会场布置得既简洁又有格调。前厅是签名处，每个签到的媒体记者在签完名后，都会获得一份关于封云工作室的宣传册。签名处旁边摆满了关系好的艺人送来的花束，下面写了很多祝福和恭喜贺词。同时也传达了一种工作室在演艺圈人脉很广，备受力挺的良性信息。

发言台一律用白色的百合点缀，含有正面的、有希望的意思。正中央是超大电子屏，封景介绍工作室时可以播放一些 PPT 或是宣传片。上方“封云工作室正式成立”的横幅十分抢眼，任何记者进来第一眼就能看见。

在专业的公关公司打理下，杜云修选择了纯白色西服，领口是镶蓝色包边，细长结式蓝色小领带。清新中不失儒雅，尤其是配上杜云修的气质，显得特别诚恳，有利于扭转前几年一系列负面的新闻。封景同样是白色西服，里面的丝光衬衫却是很张扬的酒红色。因为他负责对面的宣传、洽谈，要表达一种积极的、干练精明、容易沟通的信息。

封景这种高手只是玩了点小花样，整个记者会的气氛就已经非常融洽活跃，不过在场的记者并非只想报道下封云工作室成立的消息。他们更想挖挖杜云修的新闻——这个几年前正负评价非常极端，最后被国内公司雪藏，几乎退出娱乐圈，却又神奇地在几年之后，咸鱼大翻身，在国际影坛创下票房奇迹，所出演的电影可以进入世界票房纪录前三的人！所以在记者提问环节，一些记者直接将目标对准了杜云修，频频发问，更有记者尖锐地问道：“你跟林萱的关系到底是什么样的？为什么生的孩子是混血？”

封景脸上不动声色，眼角却飞快地扫了杜云修一下。

封景很少敬重圈子里的什么人，但是林萱却值得他尊敬。这个女人……到生命最后都还在为云修考虑，还会说出“演戏的杜云修，才是真正的杜云修”这句话。虽然他那时不明白林萱为什么会称云修为杜云修，也许那是云修的本姓？……他认识过的那些人里，只有一个姓杜的，那就是杜飞。

也正因为如此，他更担心，这样的问题会……

但杜云修只是微笑地听着，如浓墨渲染般的眼睛望着那个记者，没有明显的不悦。

“林萱，所有的影迷都知道，包括跟她接触的记者朋友也知道。她是一名非常优秀的女艺人，在现实生活中，更是令人不由自主就会信赖，发自内心地喜欢上的朋友。

“她，还有她的孩子，都是我喜欢的人。

“任何人都需要朋友。

“在最需要时挺你，站在你身旁，信任你。无论发生什么，别人怎么议论。

“林萱对我，或是我对林萱——都只是在做身为朋友会做的事情。”

下面的记者们有几秒钟的沉默。

几年前炒得沸沸扬扬，一些舆论用最阴暗的心理揣测，恨不得把林萱和云修骂死，骂得非常难听，但也许，事情的真相只是这么简单……

封景清咳了一下：“女明星经常会受到很多非议。当然……男艺人也不可能幸免。”

下面的记者了然地笑了笑，把注意力重新转到封景身上。

“当时的事情，并没有作澄清——身为艺人来说，这绝对是个最大的、致命的错误。大家已经看到了云修的‘下场’，演艺生涯全毁。而且为了照顾宝宝，退出了演艺圈一年多。但是，作为普通人，我想大家都希望自己身边的朋友，是有情有义的朋友。所以从这一点上，我实在没有办法对他的做法说半个‘不’字。但正是这个原因，我相信，云修会在演艺这条路上，走得更长，走得更远。因为演艺圈，并非只是一个靠演技生存的圈子。”

“关于这点——我想 ESE 的总裁厉睿先生也是这样想的！所以今天厉睿先生也来到了现场，让我们看看他会带来什么好消息！”封景对着记者幽默地笑道，“大家回去也又有新料可以写了。”

当初公关公司按照封景的要求通知媒体时，特地留了一个悬念，告之除了工作室成立外，还会有另外的重要人物前来，当场发布更重大的消息，但他们万万没想到会是 ESE 的总裁厉睿！在场记者，除了新人，都心知肚明，当年“封景辞职门”的事件，封景跟 ESE 闹得几乎水火不容，当时甚至隐隐流传着一种说法，封景跟厉睿其实有一腿，这件事就是封景跟厉睿闹崩了！

只是厉睿一直在幕后，并且是演艺圈领头羊 ESE 公司的老总。

大家不会傻到在太岁头上动土，不然无论是控告，还是直接用黑道的手法“办”你，一个小记者根本没有还手之力。

记者们内心哗然。

如果是这样的话……光是厉睿和封景，这两人再次见面，ESE 和封云工作室，就有无数种可能……这的确是很劲爆的消息。

厉睿还是一身黑色。深邃硬朗的轮廓，不苟言笑的脸庞，帝王般的气势。一出现，记者们顿时感到整个会场的气压低了几分。就连在旁边装饰白色的百合花，也完全起不到任何气氛调节的作用了。然而，最先有动作的——是封景！

“厉睿……先生，你好。”字正腔圆。

只见他长发如缎，细细长长的眼睛微微弯起，右眼下方的泪痣闪烁着精光。跟杜云修同色的白色西服衬得他整个人精神到了极点，里面酒红色的丝光衬衫却又将他精干的气息表现得恰到好处。

封景修长的手指，伸到厉睿面前，悬在半空。

厉睿看了一眼，波澜不惊的脸上看不出内心半点情绪……却没有立刻伸手回握。

封景依旧面带笑容。

狭长的眼睛含笑逼视着厉睿，浅浅地勾起唇角，浅浅的微笑，却有种异常逼人的气势。

台下的记者甚至一瞬间有种——这两人并非握手，而是在较量什么的错觉！

终于，厉睿也动了。

面无表情的他，终是微微皱了一下眉，然后伸出手握住封景的手，轻轻摇了摇。厉睿皱眉的动作非常细微。只是转瞬即逝，但依旧有眼尖的记者注意到了！

而这边的封景，仍然面带微笑，目光沉稳。

看着这种情况的杜云修，心中忽然有种奇怪的直觉，封景，肯定跟厉睿交涉过什么……

封景神态自若，似乎几年前差点“被辞职”的事情完全跟ESE无关，似乎跟厉睿从没有过任何过节。毫不在意厉睿的态度，封景继续向在座的记者宣布：“ESE的总裁厉睿先生此次前来，正是为了与封云工作室展开更密切的合作！众所周知，云修出演的《皇家冒险》，取得了全球十八亿多的票房。这不仅仅是世界电影的一个奇迹，更让世界认识了我们华人演员，我们华人演员的演技和实力！”

封景点到为止，将话筒递给厉睿。

场面的话，他说到这里就已足够，剩下的，轮到厉睿来捧场。

“……云修，是名非常出色的演员。他极有天赋，演技浑然天成。无论在国内影坛，还是国际影坛，都获得了骄人的成绩。这是云修的成就，同时也是我们电影界的成就。我们鼓励更多的华人演员能走出去……”厉睿说道。

作为合作的一方，理所当然地要夸耀对方的工作室和演员。封景唇角微微勾起，似乎用心地在聆听对方的讲话，非常尊重厉睿。厉睿的一番话说完，他带头鼓掌，一副双方相互信任，合作非常愉快的模样。

如果不是清楚当时究竟是怎么回事，几乎连杜云修都看不出封景的异样。

或许，只有杜云修才最有感悟。

若他是极有天赋的演员，那么封景则是天生的艺人——他的演技，他在幕后运作的能力，已经融入了生活本身……

封景特地安排现场签约。

礼仪小姐端出托盘，里面放着已经打印好的合同，上面扎着香槟金小礼花，还有两支金笔。封景和厉睿现场签字。

明星签约娱乐公司，这种“嫁进来”的方式记者见过不少。但是他们没有想到，封景把工作室和娱乐公司的签约也运作成一场 show（表演）在进行。这种场面极其难得，记者们岂会错失良机，纷纷拿起照相机，寻找角度又是一阵猛拍……

厉睿拧开金笔，在雪白的合同上签下自己的名字。

他签过很多合同，多不胜数。唯一印象深刻的，是当初把厉晨拉下马，自己成为 ESE 总裁的签约仪式。那是，他一生的辉煌。

当时是怎样的情景？

险象环生，困难重重，不成功，便成仁。

他控制了不少股东，但也担心那些人会在最后关头倒戈。

而唯一不用担心的，便是封景……

认识封景的时候，他还年轻，封景更年轻，只有十几岁。还不能称为男人，只是个孩子。长相阴柔，没有背景，完全不符合十几年前的审美观。那个时候韩国、日本那种中性美少年的概念并没有在国内成形，当时的演艺圈只接受阳刚的、帅气的、带点邪魅气质的大男人形象。

所以，完全符合条件的谢颐红了。

之后的一两年里，很多人都把谢颐和封景看做奇葩。谢颐和封景都有其他艺人永远无法比拟的特色。双方都有无数粉丝，人气极高，大红大紫，几乎可以说是分庭抗礼之势。

那些人其实并不知道，最初在演艺圈，封景阴柔的长相，不仅没有讨到一点好，反而非常吃亏，甚至因为这个原因，经常被演艺圈稍有点后台和资历的人动手动脚。他第一次见到封景的时候，封景就用酒瓶把某个不守规矩的导演的头敲破了。

对方破口大骂："想要红，就得听我的规矩！"

"我就不信我自己就红不了了！傻 × ！"当时的封景，眉眼青涩，还没有修炼成如今的气场，但脾气却不小。

对方叫人来，想要狠狠教训封景。

封景见势不妙，撒腿就跑，最后躲在他的车后，嘴里还愤愤不平："妈的，看我红了不弄死你！"

"你觉得你几年能红……"

当时的厉睿难得露出一丝感兴趣的笑容。

而嚣张的少年抬起头，表情错愕，年轻的眉眼隐隐透着还未成形的气场，那个样子意外得有些可爱。

这是他们的第一次见面。

年轻有为、手段冷厉的厉睿跟容貌阴柔、有着年少的青涩与柔韧的封景第一次见面，而后的十多年，他们的人生紧紧纠缠在一起……

厉睿抬起眼皮。

对面的封景身着白色西服，自信流畅地在合同上签下自己的名字，然后不经意看了不远处的云修一眼，而云修也同时望向封景。

一瞬间的眼神交流，只有心有灵犀、默契十足的人才能做到。

他跟封景，也有过这种时刻……

然而，三年多没见，前几天封景回国后再次相见时，第一句话便是："ESE 的股份，交换你们的电影优先权。"

封景还是那个封景，精明、干练。

似乎一点没变。

似乎……一点也没有受到当初那件事的影响。

但那时坐在 ESE 最高层总裁办公室的厉睿却明白，眼前的这个人，再也不是他认识的封景——他的封景。现在坐在他面前的，只是一个精干的同行，或是竞争对手。

他坐在他面前。

不再是为了跟他一起将 ESE 带向巅峰。而是为了另外一个工作室，另外一个人。

"ESE 的股份？你那百分之五？"厉睿轻笑了一下。

他一向不苟言笑，不让人轻易看出自己的情绪，可是那个时刻，他也不知道，自己为什么要做出嘲讽般的讥笑。

曾经在 ESE 争夺权力最激烈的时候支持他。

曾经会奋不顾身在最如日中天时抛下一切光环。

曾经赌上一切家产的那个人——却用 ESE 的股票，为了另外的一个人，而跟他谈判、交易！

"……不是百分之五。"坐在对面的封景顿了顿，眼睛看向别处，然后轻轻吐出一句。

"什么？"他一时没有听清。

"我说，"对方眯起细细长长的眼睛，直直凝视着他，眼里多了抹似笑非笑的光芒，像要望进他的心底似的，"我说，不是百分之五。"

"多少？"他的脸色立刻变了变，难道……

他绝对不允许有任何地方失去控制，给自己带来潜在的威胁。厉睿眼中划过一抹精光，马上恢复成原先那个硬朗得不近人情的boss（老板）模样。仿佛一座防御坚固的堡垒，看不到一丝破绽。

"难道你在收购散户的股份？告诉你，不可能的。"

出乎意料的，封景却并未在这个话题上纠缠。

"当初，我们的股份和厉晨他们的差不多。唯一起绝对作用的……是周老板那百分之十的股份。"封景没有看厉睿，而是轻描淡写地说。

"那个人你也知道……玩过不少明星。但是也的确有一手，很狡诈，一直含糊其辞，不说支持，也不说反对。你，厉晨，都在争取他……"

"你觉得，为什么最后一刻，他会突然站在我们这边。"

即使强大如帝王般的厉睿，听到这话后，纹丝不动的面具也裂开了碎片，深不见底的眼睛里第一次出现了震惊，连厉睿自己也没发现，他的声音带上了一抹颤抖。

"你……你找了他？"

封景没有说话，只是缓缓转过头，狭长的眼睛看着厉睿。

静静的。

厉睿从来没有看过封景这种眼神……

强势的、精明的，他见过很多次很多遍，但却从没见过封景这种安静死寂得会让人发不出声音的眼神。

他曾见过那些被玩过的孩子。

身体上面各种伤痕，惨不忍睹，只是看着那些伤痕，就能想象得出如何阴毒如何被虐待。难道那时，封景身上的……

“ESE 百分之十五的股份，交换优先权。连同你的恩情……一起还给你。”

然而，封景只是这样回答了他。

前尘往事俱尽。

厉睿突然明白，他这一生，还会遇到更多的人，但是，再也不会有第二个封景了。

这一生，再也不会有第二个封景了。

厉睿签名的笔有那么一刻不再顺手。

尖锐的笔尖勾破了合同的打印纸，在上面留下了无法挽回的痕迹。

“你有没有想过，也许过了几年，他也会选择婚姻？”厉睿深沉的脸上依旧看不出情绪，却在现场签约的时候突然低声问道。他们离台下的记者席还有一定的距离。这样的音量，只有厉睿和封景两人才能听到。

“他？云修？”封景眯起狭长的眼睛，轻轻摇头笑了笑。

封景表现得很随意，但越是随意，往往越代表着信任、信心。只有完全信任一个人时，即使存在种种潜在的威胁，也相信对方和自己，会一起度过。

“你为他付出这么多，他知道吗？你就不怕——他到最后，会像、会像我那样……对你。”厉睿的声音终于变得艰涩。

空气仿佛凝固了。

厉睿和封景两个人似乎身处一个狭小的透明的空间。台下记者议论纷纷，却传入不到他们的耳中。

在这个交织着现在与过去，在这个安放着放弃与重新开始的空间里，只有，厉睿和封景。

封景看着厉睿，细细长长的眼睛充满着平静，他安静地凝视了厉睿几秒，终是一笑。

“……我曾经，也相信过你。”

签约仪式正式完结。

在签上自己名字的那一刻，厉睿像忽然之间感到自己老了许多。

那段属于他和封景的过去，已彻底结束。

第十二章 / 犹若誓言

封景神采奕奕，继续完美地控制着记者会的流程。

“感谢 ESE 如此支持我们。相信大家都看过《皇家冒险》，现在，我要当场宣布一个更令人振奋的消息。”

在记者前面，封景永远是无懈可击的完美状态。

不同的是，现在的封景，他的才智，他的能力，是为了封云工作室，是为了云修。

下面的记者炸开了锅。

既然封景在开头提到了《皇家冒险》，那这个消息肯定有关系的。如果说演艺圈中，娱乐公司老总的一句话、一个动作可以被称为风向标，算是一条重要消息，那么现在这个牵扯票房奇迹，跟国际影坛的爆料则更令他们兴奋！

“是要拍续集？！”

“云修有角色吗？讲什么内容，什么时候开拍，什么时候上映？”

“别吊我们胃口了，赶紧告诉我们，早告诉早上头条，嘿嘿……”记者们迫不及待地想抓新闻。

“哈哈，这些问题我说了……当然不算。”封景轻挑眉峰，泪痣微微闪烁，“电影的问题，当然要大导演发话才算数。我们何不亲耳听听《皇家冒险》大导演 Luc 是怎么说的？请看 VCR。”

VCR 的事情，厉睿完全不知道。

杜云修也不清楚。

这是回国前封景单独带着翻译找 Luc 谈的，确认国内的官方消息由他这边来宣布，并请 Luc 给云修录制这个，一方面是为了渲染气氛造势，更重要的是，是要借此机会向国内的演艺圈表明——云修的价值，是被国际大导演亲口承认的。

演艺圈有无数记者会。

这是其中普通而又不普通的一个。短短的一个多小时，记者们像是坐过山车似的，一次又一次被封景宣布的消息弄得措手不及。

无论是久未露面却在国际影坛上名声鹊起的云修，还是 ESE 总裁亲临现场签约，或是先前完全没有收到任何风声，现在却突然当场看到好莱坞大导演 Luc 宣布《皇家冒险》续集即将开拍，同时大赞云修的 VCR！记者们心花怒放，一致觉得今天的记者会真是来对了。

唯有厉睿心底明白。这，就是封景的能力……

这次记者会的效果非常好。

杜云修的名气再次打响，沉寂了几年之后重新出现在国内的演艺圈。从前那些对他感到失望的粉丝，或许是因为时间的淡忘，或许是时间已经渐渐证明了一些事，而再次关注起杜云修来。

“好可惜。现在本来应该继续巩固国内地位的。”飞机上，封景和杜云修交谈着。

记者会第二天，封景就把刊有封云工作室成立消息的报纸全都买了一份，简直像超市大采购般的——戴着墨镜的封景看到一份就扔给杜云修，同样戴着黑色墨镜的杜云修手里的报纸逐渐增多，渐渐变成一大叠，弄得报摊的卖家惊讶死了。

而整个过程，面对报摊卖家吃惊的表情，杜云修只是含笑看着封景。

“是啊，没想到 Luc 会催这么紧。”一般这种大制作，会有几个月的前期准备工作，没想到这次刚确定，就调集演员马上开拍了，“不过两个主演的意愿也很高，马上就调整档期。第一场戏……我看看，要在城堡拍摄。”

“城堡？似乎很有趣。”封景狭长的眼睛一亮。

“嗯，还不错，法国城堡，当时吃住都在那里。”

“看来你很熟呀。”

如果拍摄不忙，说不定自己和云修可以一起在城堡里逛逛。封景是这样打算的，可没想到刚下飞机，就有一辆劳斯莱斯专程来接他们。封景此时已经觉得这个大手笔不像是法国导演 Luc 会做的事。果然，当轿车开到目的地后。城堡的喷泉雕像前，管家还有一些用人像电影里面那样站了两排。而站在最前面的，除了 Luc 之外，还有另外一个人。

那个人，封景只见过一次。

但是对方身上那种难以让人忽略的，高贵优雅的气质，封景在演艺圈这么多年从未见过。即使是已经成为天王巨星的那些腕们，也比不上。

“Derek，你终于来了！告诉你一个好消息，这次 Brauchli 会跟我们在一起！他对《皇家冒险》非常感兴趣，不仅愿意借出城堡，还说可以让他的传媒集团专程报道我们！保证拍摄期间有足够的关注度！”

大导演 Luc 如是说道。

杜云修觉得很意外，没想到那天跟他聊天的竟然是 BR 集团的继承人。

“Luc 在说什么？”旁边的封景低声问道。这次出行，他们没有带翻译过来。一来，杜云修本身懂英语和法语；二来，在当地聘请翻译比从国内带翻译过来更适合。

“导演说，Brauchli 会借出城堡，BR 传媒集团会给我们作专题报道。”

封景和杜云修不约而同地看了眼面前的城堡。中世纪的法国古堡巍峨肃穆，每一处雕刻都精致优雅，充满了历史的厚重与美感。面前，是漂亮镂花的深色铁门。在 Luc 的带领下，封景和杜云修往内走去，杜云修曾经在这里住过，自然是轻车熟路。封景却生出一种奢华之下浓浓的陌生感和距离感。经过 Brauchli 的时候，对方湛蓝的眼珠子瞥了封景一眼。那种颜色漂亮得跟玻璃珠一样，然后……对方低低说了一句法语。

封景听不懂。

那种陌生的语言，简直像一张高高在上的战书。然而，尽管听不懂对方在说什么，封景却同样低声回应了一句。

Brauchli 微微一愣，也没有听懂。

因为——封景用的是，中文。

同样用对方完全不懂的语言，来响应对方，直到日后 Brauchli 学了中文，才拼凑出，当初封景说的是，云修，是我的。

而此时的封景已扬起下巴，勾起唇角，右眼底下的泪痣微微闪耀，跟着云修身后继续走入这个陌生诡秘的城堡。即使环境再不利，即使在异国他乡，他也有着自己的生存之道和自己的骄傲。

《皇家冒险》续集的事件起因设计在古堡里。

这个神秘的中世纪古堡的前任主人是一个女伯爵。为了获得永世的美貌，她在地窖杀害了许多处女，并用她们的血沐浴，以达到长生不老的目的。领地大量的少女失踪，城堡终年弥漫着鲜血的血腥味和独特诡谲的香气。最后国王派出骑士调查出事件的真相，并在大庭广众之下处死了女堡主。但是，即使女伯爵如此凶残，仍有一名炼金术师疯狂地暗恋她。他偷走了女伯爵的尸体，重新回到城堡，企图用炼金术复活对方，然而，仪式进行到一半的时候，骑士再次出现，破坏了这个五芒星阵。

仪式失败，差点复活的女伯爵再次消失。

炼金术师怀着恨意自杀，并将被破坏的五芒星换成另外一种邪恶的黑魔法阵法……

几百年过去了。

一切看似风平浪静，但是当地却仍然笼罩着一层恐怖的阴影。不知道什么时候，隐藏在黑暗处的邪恶亡灵便会再次来袭……

《皇家冒险》第一部最后，女主角和男主角在沙漠获得了无数的宝藏，续集开始，他们在中介商花言巧语之下，买下了这座城堡。两人开心极了，还以为自己捡到了大便宜。

结果花园里的玫瑰一夜之间全部变成死亡的黑色。

城堡庭院中的小天使雕像喷泉，在夜晚喷出的不再是清澈的地下水，而是……血。

女主角无意中发现地窖。先前被死亡玫瑰刺破手指的伤口，像是被忽然莫名的力量再次挤裂似的，伤口涌出血。一滴鲜血，滴进去了当初绘有五芒星的阵图……一刹那，地窖响起无数被抽干鲜血冤死的少女们的凄惨叫声……

地窖的油灯全数熄灭。

窸窸窣窣一片，仿佛有什么东西从黑暗世界被召唤了过来。

几天后，小镇上有很多人死掉。死因全部是全身的血液被吸干，最后干瘪得只剩一副皮包骨，浑身发青的骇人模样。女主和男主的城堡也出现了一些不明生物……女主在第一部差点死掉，最后浸泡了沙漠圣域中的生命之泉，伤口才好转。那是最神秘最神圣的泉水，而不明生物则想抽干女主的鲜血，用炼金术制作成——返魂香！

在沙漠守护神圣之泉的杜云修察觉到泉水的异动，特地从圣域赶了过来，杜云修的戏份就从这里开始。

这次加入了新的武术指导，香港人，圈内尊称“季师傅”，季家班在华人影界里更是赫赫有名的武打班底。上一次电影里面的武功镜头大获好评，因此美国的投资商希望续集能有更精彩的打斗场面出现。

“手是两扇门，全凭腿打人。”季师傅非常喜欢设计腿法，因为手上的功夫很容易模仿，而腿部的功力则需要专门的培训。尤其是在电影中，无论是横扫，还是飞踢，演员们表演腿上功夫，不但拍出来的效果非常赞，更让观众觉得难度很高，很震撼！杜云修就在季师傅的一对一指导下，专门练腿法。正踢、侧踢、回旋踢、横踢、跳踢、外摆腿、弹腿、侧踹腿、边腿等，进行魔鬼式的训练。

武术一般要从小学起。

从前香港的老电影，起用的都是有武术功底的演员，一招一式都是实打实的。舒展大方、如日出泰山之巅的北派腿法——十二路谭腿、北王腿等；短巧寸劲，如月悬小桥之上的南派拳法——蔡李佛拳、洪头佛尾、咏春……南拳北腿，东枪西棍，即使摄影设备不如现在，拍出来的场景也异常精彩。

而现在的电影，一方面有高科技的运用，以前只能凭武师完成的动作，现在靠计算机三维特效就能做出；另一方面，真正的武术已经流失得很严重，很多武指本身也只知其表，不知其里……

好莱坞跟国内不一样。

国内有“尊师重道”的礼数，练功的时候师傅再怎么严厉都是应该的，而在好莱坞，一切都要根据大牌影星来调整，想练了就要教，不想练了则不能勉强。《皇家冒险》的女主角就是如此，压腿压狠了，就自己跑去找剧组配备的按摩师。男主角也很怕压腿，每次都痛得忍不住飙出几声“Holy shit!（天哪！）”，但是他心底也清楚，训练够不够直接关系到片中表现。

大概都是华人的关系，季师傅对杜云修更加严厉，每次都是坐到云修的后背，亲手摁着云修，直到他的头能挨到膝盖。然而，演员到了这个年纪，再做压腿，下横叉，开一字马，每根腿筋都在拉伸中抽搐颤抖，这种痛苦完全不亚于一场酷刑。

杜云练功的时候不怎么说废话，只是一声不吭地把腿放在双排横杠上一次又一次地下压。

几次下来，额头背脊就遍布了冷汗，腿都颤得站不直。这种吓人的劲头，把男主角都给震惊了一下，怎么也想不到这个看似修长纤细的东方男人，能坚韧到这个地步。

“要是季老头不好好设计你的动作，看我不拔光他的胡子！”封景看见后心疼得要死，但是明白这一切都是为了电影，是必须付出的。

Brauchli 也去训练室看过。

女主角、男主角还有其他的国外演员都知道他的身份，因此没有摆出一丝巨星的架子，反而很热情，在他面前训练得更刻苦。Brauchli 似乎天生话不多，蓝色的眼珠衬得他整个人气质高贵，带着浅浅的笑意。虽然不容易亲近，却没有那种拒人于千里之外的距离感。介于一种想靠近他，但是很清楚对方跟自己有着地位、财富以及身份上的差距。不是轻易就能逾越的差距。

他跟每个人都聊了两句，最后转到杜云修面前：“听说季师傅很严厉。”

“还好。”杜云修只是浅浅一笑。

今天要拍的是古堡地窖里的一场戏。

杜云修先跟几个怪物对打，突然无数的吸血鳌从五芒星阵图钻了出来。那些吸血鳌非常难对付，见人就钻，瞬间就将人吸得只剩一张皮，它们唯一害怕的就是——火！

正因为如此，地窖布置了很多火把，等女主和男主毫无办法，到了最危急的时刻，杜云修施展腿法，凌空飞踢，将一束又一束的火把踢到吸血鳌上。

杜云修跟对手套了几招，试了试灯光和站位，几个摄影机围着他们开拍。先前的训练在这个时候得到了完美的体现，杜云修的每一个招式都十分准确，看上去非常有力道。一个九天回旋踢更是看得现场的工作人员大呼：“中国功夫太神奇了！”

这时到了踢火把的镜头。

那些吸血鳌本身就是后期制作添加上去的，所以杜云修只用把火把踢到地上，随后便会有工作人员用灭火器灭掉火把。

现在的火把自然不可能按照中世纪的方式做。道具师是直接用布条淋了汽油绑在木棍上，伪装成过去的火把，但是这种方法的劣处就是汽油不好控制，有的地方浇得不够透，有的火把烧得很旺，有的火把一到地上就灭了，更不可能出现“烧死吸血鳌”的情况。

几次下来，效果都不理想，Luc 频频喊“Cut”。

道具师为了让火焰的效果更壮观，直接把汽油倒向了燃烧的火把，火焰“砰”地燃烧了起来，在场的人吓了一跳，道具师心里一慌，手里的汽油和火把一起跌落在了地上，汽油瞬间流得满地都是，火星淬到地上，一条火舌“轰”地一下，迅猛点燃，蹿得很高，火势一下失去控制，片场一时间犹如火海！

工作人员们都吓呆了，慌张地乱跑起来。

火焰眼见就要烧到今天也在现场的 Brauchli，杜云修冲向 Brauchli，他一脚踢开滚向对方的汽油瓶，汽油溅在裤子上，火舌一舔，马上烧着了！火苗一下蹿了上来，沿着裤子越烧越高，杜云修觉得腿上火辣辣的痛，热度惊人，灼热的温度，还有烧焦的味道……

周围一片惶恐，尖叫声一片，只听得到法语、英语，叽里呱啦乱叫一堆。而其中，最熟悉的，听得最真切的——是封景的声音！

“云修，着火了！你身上着火了！灭掉！快灭掉！”

声音由远及近，不用看杜云修也知道，封景正朝自己跑来……

这一切都发生得极其迅速。

下一刻，就有人扑打着杜云修身上的火焰，然后听到有人说：“火灭了火灭了！”

众人惊喜地欢呼起来。地窖烟熏缭绕，杜云修咳嗽了一会儿，透过浓烟才看到，刚才有反应灵活的工作人员抢过灭火器将地上的火扑灭了。而自己的裤子被烧得破破烂烂的，焦炭般的黑。虽然极痛，却再也没有火苗了。

等杜云修抬起头时，只见封景站在自己面前。对方狭长的眼睛里第一次流露出不自信的暗光，里面是满满的懊恼，心有余悸，惊魂未定。

“别担心。”杜云修正想对封景说这句，而封景已经狠狠地将他抱紧。

紧得仿佛这个世界上再也没有什么能够将他们分开。

“我没事，我没事。”张扬的封景从未露出这样的脆弱，他知，他深知，“我绝不会丢下你一个人的。”

字字清晰，犹若誓言。

片场失火，杜云修受伤。

那天 Brauchli 当场就叫了救护车，一路护送云修去了医院，在医院做了处理后，又请了私人看护护理，并让私人医生定期给云修做检查。封景和云修不是本地人，只办了保险，但是没有当地医疗卡，在医院做检查要填写很多表格，非常的麻烦。

然而，这件事并没有结束。

它引起的后果，远远比封景料想得多，远远超出他的预计，接下来牵扯一连串的保险和合同问题。之前他们的背后公司是 ESE。遇到什么事情，ESE 在国外有分理处，有当地熟悉规则的员工和律师帮忙处理。但现在封景语言不通，所有的人脉只限制在国内。以前没有出现意外时还好，现在发生这种事完全陷入了被动的、束手无策的地步。光凭他现在的能力和关系网，一点也不够用。而他本身又没有足够有钱到随便签张支票就能找到最好的律师。

那名道具师的确受到了处分，Luc 也非常同情云修的遭遇。

可好莱坞却是公事公办，对事不对人的地方，如今云修受了伤，保险公司要怎么赔偿他是一回事，云修跟剧组之间的合约又是一回事。眼下这个情况，起码有两三个星期没办法拍戏。到底是换人，还是杜云修作出赔偿，全靠经纪人或是背后的公司处理交涉了。

封景找了翻译先跟保险公司谈。

国外保险公司的调查员说，那名道具师是有错，本身的行为不当引起了这场火灾。但是根据现场工作人员的证明，那场火本身是没有烧到云修身上的，是云修自己跑去踢了汽油瓶，才发生了意外。

一句话把封景堵得死死的。

剧组那边更加难办。美国电影公司派出的专员，叽里呱啦地说了一堆，满口的“Contract...Contract...According to the contract...（合同……合同……根据合同约定……）”满嘴的英语简直要把封景绕晕，这种牵涉法律条款的专业方面也不是一般的翻译能搞得定的，稍不留神就被对方钻了漏洞。

几次谈判下来，局面陷入越来越劣势的地步，搞不好云修不光要面对罚金，还很有可能失去这部电影。

失去这部电影……对云修意味着什么？

云修现在所有的身价、地位、名声，全部建立在《皇家冒险》续集上面，一旦失去这部电影，不仅国外失去了先机，在国内更将面临不可想象的、糟糕的待遇！

封景心事重重，备感压力。

先前的合同是根据《皇家冒险》第一部的合同条款签订的，是英文版，当初云修看了觉得没什么问题就签了。现在封景让翻译翻成中文，自己也对着法律和词典一句一句对着看，这才发现很多都是按照好莱坞那边的规则来制定的，他们这边却没有提出有利于自己的，或是附加的条款。如果进行仲裁，也是以《美国联邦宪法》为依据。

当初也发生过类似的事件。云修在拍摄《唐云起》时也曾遇到导演要换人的情况。只是那个时候在国内，他背后有ESE，他可以按照国内的方式“沟通”，资金、人情双重进攻，但是，在这个连语言都不通的国度，完全跟国内不同的操作方式，封景不得不开始去审视自己有限的能力……

然而，这一切云修还不知情。

他的左腿受伤，大半的时间都是躺在床上，由专业护理照顾。

尽管封景没有告诉杜云修谈判的艰难，但是当他和翻译再一次跟美国电影公司交涉的时候，有人敲开了办公室的门。

来人个头很高，棕色头发，看上去十分开朗，但是眼神很犀利，典型的美国人风格。那人看了封景一眼，却没有打招呼，而是直接从封景身边经过，坐到电影公司专员的对面，喧宾夺主：“我是Louis，经纪人。”

然后径自跟专员聊了起来。对方专员一见到那人，则露出一种“It will be tough（很棘手）”的无奈表情。似乎非常清楚这人会很难缠。

封景和翻译完全被晾到了一边。

“我们怎么办，封先生？”连翻译都觉得自己很不被尊重。

“把他说的每一句话，翻过来，告诉我。”封景眯起眼睛命令，只是跟往日不同的是，这次的眼神稍显冰冷，看不清情绪。

“他说他叫路易斯，是经纪人。”

一旁的翻译大概也感受到了这边的低气压，翻译的时候战战兢兢的，但是这种情况并没有持续多久，因为很快这场谈判就结束了……

“Jeepers creepers（难以置信）！做这种特效的时候，电影工会的安全顾问竟然不在片场？！”出于对演员的保护，在好莱坞吊钢丝，上房顶等危险动作，必须由专门持有执照的人来完成，如果安全顾问觉得这个动作有危险，有权利当场制止。

“为什么拍摄的时候不让工会的安全顾问来现场？”

“这场不是特技，只是拍摄有火把的戏份。”专员努力澄清。

“火把？几十把火把？最后都能酿成火灾的火把！能够把人烧伤——这样的戏份难道不危险吗？为什么不请工会的安全顾问来现场？电影公司是故意的吗？因为很危险，所以故意不请工会？一味地追求令人震惊的危险镜头，而让演员们以身涉险，一点都不考虑演员们的人身安全！这就是我们的好莱坞大片？！”

“Louis 先生，不，不是这样的。我们公司很在乎演员，给他们每个人都有投保……”

“是吗？我上午刚刚去了保险公司，很抱歉，对于你说的话，我很难相信。因为保险公司认为一切的缘由都是电影公司的错误造成的，发生火灾时片场竟然没有安全顾问，这太可怕了！哪个粉丝会相信他们的偶像在辛苦拍摄电影时却得不到最最基本的人身保障？！”

“不，发生火灾时，火并没有烧到 Derek 身边，是他自己去踢汽油瓶……”

“你们这是完全的在推卸责任！

“这就是你们公司的一贯做法？火灾是你们监控不严，行为不当引起的。在场所有人员都有生命危险！如果不是 Derek 舍已救人，现在被烧伤或是烧死的就是 Brauchli 先生。难道你们一定要看到惨剧发生，才会承认错误吗？还是，因为 Brauchli 先生被 Derek 救了，你们就认为 Derek 不重要！华人演员的生命不重要？你们这是在歧视黄种人吗？

“据我了解，Derek 在亚洲非常有名，非常受欢迎！但是由于你们的事故，他遭遇了生命危险！现在你们因为他受伤还打算把他替换下去！这样的做法简直令人感到羞耻！

“我很想看看，如果整个亚洲知道你们电影公司是如此对待黄种人，如此对待华人演员，他们会怎么看待这件事？怎么看待你们公司——现在，以及日后所有拍摄的影片？他们会不会说，你瞧，那个电影公司为了拍危险镜头，连工会的安全顾问都不请，弄得华人演员受伤后，就立刻弃他于不顾，马上换人？要想人身安全得不到保障，就来这家电影公司拍片吧，尤其是黄种人，啊哈。”

整个局势完全被 Louis 一手掌控。

他言语犀利，全数洞悉了对方的弱点，咄咄逼人的气势让对方毫无招架之力。

跟亚洲不同，他们最怕惹上的，就是人权、工会、歧视有色人种这些问题。尤其是 Louis 故意夸大 Derek 在亚洲的影响力。杜云修到底在亚洲红不红，有多红，这种标准很虚，即使亚洲各个国家的当地人都未必能准确地衡量，更不要说国外电影公司的这种专员。

然而，正是因为无法精确地评估，所以才更会造成一种如果不妥善处理华人演员 Derek 的事，那么就会演变成他们电影公司歧视亚洲黄种人的案例，这样就从事故处理不当升级成为种族矛盾！

这对公司的声誉是极坏的，尤其是电影公司不可能放弃亚洲的票房，日后拍摄的影片也会在亚洲上映。一旦受到影响，搞不好就会受到整个亚洲的抵制！

“Louis 先生，我们完全了解您的心情！对于发生在 Derek 身上的事故，我们感到非常抱歉和遗憾！我们会妥善处理这件事，请您务必放心！”对方电影公司派过来的专员很快就领悟到 Louis 的“意思”，迅速作出判断和取舍，语气也从先前对封景这个华人的高高在上变成对 Louis 的恭恭敬敬。

一场封景耗时耗力谈了好几次也不见成效、反而频频受气的谈判，Louis 不到十五分钟就完美地解决了。

封景站在原地，神色冷冷的。

Louis 提起公文包，跟对方专员友好地握手离开，再次经过封景时，才笑着自我介绍道：“Louis，全美最棒的十大经纪人之一。”

对方笑得很得意，有些施舍般地伸出手。

封景依旧冷冷的，一点也没有回握的意思，任凭对方的手悬在空中。

“我是被 Brauchli 先生高薪聘请过来的。听说……你也是经纪人？”Louis 笑得更夸张，“怎么会连这点小事都搞不定呢？不过，人跟人之间差距很大就是。”

Louis 的态度太高傲了，听得旁边翻译的脸色都很难看。

封景从头到尾都没有回应，让 Louis 一个人在那样得意扬扬地唱独角戏。直到 Louis 这次停顿之后，封景才慢慢扯动嘴角，眼神冷冷的，却似笑非笑地吐出一句：

“完全不知道你在说什么。哼。

“我们走。”

不理会对方的错愕，封景带着翻译率先离开。

第十三章 / 蓄势待发

下午聚餐的时候，Louis 正式来城堡报到。

Brauchli、封景、翻译都在，现在封景无论走到哪里，都会带着翻译。

“我是 Louis，很荣幸能成为你的经纪人。”Louis 自信满满地自荐，然后审视了杜云修一圈，“你的资料我看过了，我有信心把你打造成好莱坞最耀眼的华人演员！尤其是你会功夫，这点真是太棒了！”

“现在的好莱坞分为两个派别，守旧派依旧很排斥外来人，也不喜欢中国功夫。”Louis 撇撇嘴，“但是没关系，越来越多的导演热衷起东方武术，李小龙就是他们的偶像！只要你会功夫，我就可以把你塑造成传奇般的功夫明星！”对方口若悬河，抛出无数令人想要得到的前景，若是其他的明星，可能已经陶醉于这种未来规划，甚至已经在想象自己在星光大道留下手印的情景了。

“等等。”

但是杜云修却打断他的话。

不仅丝毫没有为这种规划感动兴奋，反而转过头，疑惑望向封景：“这是怎么回事？我的经纪人不是你吗？”

……难道他休养的这半个月，发生了什么他不知道的事？

封景没有做声。

只是从水果盘里挑了个苹果，削了起来，长发半垂下来遮住他狭长的眼睛。

“封先生很优秀。”倒是一旁的Brauchli先开口说道，“他很认真，也很敬业，我时常看见他背英语单词，或是请翻译教他英语。只是，他的英文功底似乎不是很扎实……”

“Louis当经纪人有十几年了，对好莱坞规则和法律非常了解。我想，封先生也许可以用到Louis。”

Brauchli言语得体，说得也很婉转。

但是杜云修一听就明白了，封景语言不通，所以有些事情进行得不顺利。

“我要征求封景的看法。这件事并不是增添一个经纪人这么简单，如果封景不喜欢这样，那么，恐怕很抱歉……”杜云修正色道。

“为什么？”Brauchli显得很意外，蔚蓝色的眼眸有些受伤，也有些不明白，“你不是对我说，你很喜欢演戏吗？”

杜云修没有回答，而是转过头，目光直视封景，用中文说道：“我从没想过要加其他的经纪人。我会跟Brauchli说，让Louis回去。”

是的。

就如同杜云修刚刚对Brauchli说的那样，这件事的性质并不只是增加一个经纪人这么简单。在这种情况下让Louis加入，等于直接默认封景能力不行——这会让当事人非常难受，非常受挫。但是，身为当事人之一的封景却继续削着他的苹果，仿佛另外增加一个经纪人顶替他的位置这件事没什么大不了。封景细细长长的眼睛凝视着手上已经削好一半的水果，水果刀仍然缓缓地滑动着。

而房间里，唯一懂中文、英语还有一点点法语，明白杜云修在说什么的小翻译有点坐立不安。可能只有全程跟着封景的他才最清楚封景到底遭遇过什么，遭遇过哪些，平日又是下了多大苦功，耗了多少心血。

Brauchli，Louis和杜云修齐齐看向封景。

封景依旧没有任何表示，杜云修侧过脸，望向Brauchli，正想委婉地回绝掉Louis。

“——那就让他加进来吧！”封景却突然开口。

杜云修很是诧异，瞳人微微放大。

“不是说什么，是全美最厉害的十大经纪人吗？”当时翻译把对方挑衅的话语告知封景了，只不过封景故作不知。在众人的注视下，封景忽然从沙发上站了起来，走到Louis的面前。

他走得不快。

但是每一步都带着一种力量，带着一种独特的气场，带着一种威压。

封景狭长深邃的眼睛眯起，望进Louis的眼眸深处，似乎能看透人的内心："那我……期待你的表现。"

Louis心一惊。

一时之间突然有种感觉，那句古老的东方语句是怎么说的来着？眼前这个长发泪痣的东方男子，似乎并不是“龙困浅滩、虎落平阳”……

而是，在暗暗蓄力，蓄势待发。

而在不久之后。

Louis才彻底明白，这个东方人的可怕之处在于，他不会因为嫉妒而否定你的能力——他只会以奇迹般的速度迅速成长起来，然后，把你的经验和方法全部转化成他的。

Louis的工作进行得很顺利，很快就把保险和电影公司的事件搞定。杜云修不仅获得了赔偿，还受到美国电影公司高层的接待，当场合影大赞他的人格和英勇。至于片场失火，杜云修英勇救人的事迹则被记者写了专访。标题的名字很神奇——“《皇家冒险》片场遇真险，东方演员真功夫救人”。

Brauchli的名字自然被隐藏，换成一个普通工作人员的名字，但是这件事却以讹传讹，好莱坞明星和导演都以为杜云修的功夫出神入化。Louis抓住时机，以东方功夫和这件事为契机，一连给杜云修联系了好几个脱口秀节目，同时狡猾地以语言沟通问题为理由，让节目组提前把问题写过来，Louis让他的团队列了十几条回答的方法，力求回复得又得体又幽默。

是的，幽默与个性。

这才是好莱坞明星的闪耀法则。

在脱口秀现场的时候，Louis更是亲自跟摄影师和主持人打招呼，交代他们可以拍哪些角度，不可以拍哪些角度，哪些问题问了他们是不会回答的。

“Dos and Donts（能做的和禁止的）”法则被Louis运用得炉火纯青。

Louis的确很有一手。

杜云修上节目也取得了很好的效果，很多美国观众开始关注起这个来自异国的东方男子。黑发黑眸，眼睛如乌珠凝墨，非常有韵味。不但幽默风趣，身形飘逸，并且还会很神奇的东方武术，不少美国少女开始迷恋起杜云修来。

除了脱口秀节目，Louis也动用他的人脉，让杜云修上美国时尚杂志的封面。那些杂志以往只请好莱坞巨星，Louis跟杂志主编一起喝咖啡的时候，则是技巧性地推荐：“Derek上次上Maran（马兰）节目，收视率超高，Maran说自己被他身上的东方韵味迷死了，一直想邀请Derek共进晚餐！

“不过Derek是传统的东方人，内敛而神秘，他很少去这些场合……

“大概正是这样的关系，所以大家才对他更好奇吧。

“你们杂志一直都很棒，不过缺乏一些新鲜感。你瞧，每次都是那些好莱坞巨星，别的杂志也请得动的……老熟人，哈哈。”

Louis的厉害之处就在这里。

他很清楚好莱坞是怎样的一种游戏规则，也很清楚该如何说服对方达到自己的目的。一些杂志主编，果然想尝试一下这个自己连对方的中文名都读不清的东方男子，让自家的杂志除了西方面孔外，还有东方面孔，更加国际化。

Louis 把杜云修带到摄影棚。

杂志女主编也在场，想看看近期在好莱坞备受欢迎的东方男子，Louis 趁机介绍，把杜云修说得神乎其神，逗得杂志女主编既惊叹又好奇，频频朝杜云修露出惊赞的目光。

杜云修微微浅笑着。他现在很少说话，这种沉默寡言的模样并非是为了保持 Louis 所渲染的“神秘沉默、武功高强的东方人”形象，而是 Louis 夸得太大了。

他有几斤几两，杜云修自己心里很明白。更不好提，从来不存在的东方武术。

杜云修曾跟 Louis 提过，不要这样对媒体杂志说。

但是 Louis 一副“很正常”的表情，毫不在乎地说：“这个，就是你的 keyword（关键词）！我们要给观众强化一种印象——提到东方武术，就会想到你，Derek！这样无论是观众，还是以后的大导演，只要想在电影中加入东方元素，都会第一个找你！哈哈，到时候我们就有无数的电影接拍了！你马上就会变成好莱坞的功夫巨星的！”

这的确是宣传炒作的一种方式，但是杜云修却并不喜欢。

杜云修看了眼跟随他们一起过来的封景和翻译。这段时间封景很少发表自己的意见，更多的时候，他都在跟翻译讨论着什么，或是观察 Louis 的一举一动。

有时杜云修去找封景，封景要么在跟外国教师练习口语，要么一个人在背单词。没有封景指挥坐镇，杜云修觉得非常的寂寞，非常的不适应。Louis 也很干练，很精明，但是，那不同。

自始至终，他认同的经纪人只有一个，那就是封景。

仿佛感应到了杜云修的视线，一旁的封景也抬起头，望向了杜云修。封景看了云修一会儿，然后才眯起狭长的眼睛，缓缓勾起一个微笑。

杜云修笑了。

因为封景的这个笑容，犹如定心丸，让他知道——封景还在他身旁。

反光板，摄影师，专业照相机。化妆桌上的瓶瓶罐罐一大堆，化妆师正在为杜云修设计造型。

“嗯，要man（男人）一点，要sexy（性感）一点！”Louis在一旁指挥着，“这里多打点眼影，把他的眼角画得上挑一些，对，这样，再上挑一些，好莱坞喜欢东方人的眼睛长这样！”

化妆师对Louis这种外行人的指挥很反感，暗地翻了个白眼。

杂志女主编也在一旁跟御用摄影师商量着构图与设计，看怎么样才能最好地运用这个东方面孔，让人眼前一亮，为杂志创造更好的销量。

“按照李小龙那个经典pose拍吧！脱掉上衣，露出胸肌，然后做那个飞踢的姿势，或是那个什么武功招式‘白鹤亮翅’？”Louis一边学着李小龙的怪叫，一边伸出双臂比画着。

露出胸肌，做“白鹤亮翅”的招式，上美国的时尚杂志？

杜云修觉得有点不伦不类。

“脱？不用吧，我没有西方人那么健美的体魄。”杜云修见摄影棚旁边的架子上排了满满一整排今年出的杂志。上个月的封面就是位好莱坞男明星的半身裸照，高大的骨架，强壮结实的肌肉，尤其是涂了橄榄油之后，拍出来的那种光泽和紧绷的程度简直令其他男人自叹不如。

“No，no，拍杂志就是要性感！越性感，越有关注度。”Louis否定道，然后打了个响指，“脱吧！脱得越多越好。”

Louis的表情和言语很有感染力。

一旁的杂志女主编似乎也认为这是个不错的主意，配合地点头。

“我不这样认为。”——就在杜云修没法拒绝的时候，封景却代替杜云修说出了相反的意见。

Louis 和杂志女主编一愣，同时好奇地望向封景。这个长发泪痣的东方人在外型上其实比杜云修更特别，但是从一进摄影棚到现在，都没怎么说过话，只是在一旁听着他们的讨论。

“李小龙是李小龙，云修是云修，他们两人的气质完全不同。

“李小龙擅长截拳道，肌肉又特别用肌肉震荡机做过，所以那种 pose 会成为经典，拍出来也特别漂亮。但是云修的东方气质更内敛，大家想看的是云修，绝不是李小龙的 cosplay（角色扮演）。”

封景说得很慢，断断续续。有时候还要问问旁边翻译，一些单词怎么说，但是他却努力地用英文去跟杂志女主编沟通。英语，最重要的就是跨出第一步——敢自己开口去和人交流。尽管封景的英文不是很流畅，但是意思却表达清楚了。

女主编听完封景的话后，陷入了思索中。

“你根本不懂好莱坞的规则！在好莱坞，明星就是要漂亮、要性感，要有个性！”Louis 完全没有料到，封景竟然会在这种场合跟他唱反调，而且是用英文！他惊讶于封景英文的突飞猛进，但是心底更生出一种感觉——封景暗暗蓄力的过程已经结束，他现在，要开始发挥自己真正的实力了。

所以 Louis 开始全盘否定封景的看法，在女主编面前，暗示这个东方人不懂好莱坞的规则，只有他才是最在行的！

“那你有什么好主意？”

跟 Louis 的极力反对不同，杂志女主编则环起双臂，对封景的意见饶有兴趣。

“我看了你们的杂志。”封景晃了晃手上的时尚杂志，“你们是一本引导潮流的时尚杂志，读者群……应该定位在年轻的少男少女。因为他们是最爱模仿的年龄段，明星的范儿，明星的服饰和妆容，他们最关心。”

封景说完这些停了停，看了眼女主编。聪明的人都知道，在说出真正意见的时候，会先说些试探性的话语看看决策者的反应。看她是否看好你的提议，看她是否会真正考虑接纳你的建议。然而，杂志女主编只是面带微笑，将自己的心思隐藏得很好。

封景勾起唇角，无声地笑了笑。

不但一点也没有受影响，眼底的光芒反而更坚定。

越是这样，封景独特的气场越显露了出来，即使英文运用得并不流畅，也丝毫不会影响他人对封景的印象——因为他本身的气势，已经让人足以忽略他的不流畅。

人往往有这样的感觉。

如果一个人说话空洞无物，又是不擅长的语言，那么就会很没耐心。但是，如果那个人勾起了你的兴趣，或是让你特别的尊重，那么即使他语言不通，说话很慢，你也会对他刮目相看，耐心等待……

而封景，已经用他自身的魅力和言辞，证明了——他将是后者。

尤其是女主编心中。

“现在，《皇家冒险》第一部的热潮还未完全消散，《皇家冒险》续集和东方武术又是近日最热门的话题。‘东方’‘东方男子’‘中国武功’的搜索率在互联网上已经排行第三。既然这样，不如专门策划一次‘东方异国情怀’的特刊或是专题，满足大家的好奇心？”

“大家越好奇就越想知道。而想知道，就只能买你们的时尚杂志——因为你们有云修，Derek！”封景狭长的眼睛望着女主编，里面闪动的光芒让人无法逼视，“最正统最神秘的东方男人，同时也是《皇家冒险》最有代表性的演员。”

“So，你的意思是，不仅仅给Derek拍拍照，让他上杂志封面，同时也让我们这期宣传他在《皇家冒险》续集中的戏份？”

能够爬到时尚杂志主编的位置，除了品位更有当仁不让的智慧，女主编一下子就抓住了封景话中的核心。

“到底是为《皇家冒险》续集宣传，或是借助《皇家冒险》续集宣传这期的杂志……就要看你们怎么策划了。”

封景丝毫不介意女主编看穿他的意图。

没错。云修是可以化化妆，摆个帅气的功夫pose，上杂志，但是，这也仅仅只是上个杂志封面而已，好莱坞有多少东方演员，有多少喜欢李小龙，会中国功夫的人?

这样的辨识度——根本不够。

只有用最有特色最醒目的方式，让大家一眼就能认出，这期封面的人物就是《皇家冒险》中的东方守护者，就是云修！这样借助影片强化大家的记忆，同时也再次借助这本时尚杂志本身，宣传云修在影片中的角色，宣传这部戏！而《皇家冒险》全球如此高的票房，只要运用得当，关联得当，这本时尚杂志也绝对会成为这次同档期中杂志争斗战中的胜者！

"——图片太少，根本不够支撑我们二百页的杂志内容。

"而且，我们是时尚杂志，不是电影周刊。"

面对封景的提议，原本面带笑容的杂志女主编却目光直视封景，突然这样说道。

气氛一下子有些僵。

Louis已经开始露出得意的笑容，准备嘲笑封景的自不量力了。但是，封景完全没有因为女主编的话语吓退，反而勾起唇角，眨了眨眼，胸有成竹："这个很简单，我能帮你联系到《皇家冒险》的服装设计师。上次奥斯卡，他获得了最佳服装设计提名。

"另外，不光是《皇家冒险》这个电影系列，我相信其他好莱坞演员也多多少少有些东方情节。她们，有没有穿过带有东方情调的服饰？从以前到现在，有没有知名的、新锐的服装设计师，在服装设计、剪裁、布料中，运用过东方元素，或是因为东方异国而产生灵感?

"你们是时尚杂志。所以我相信——你们找云修，不仅仅是让杂志封面多一张东方面孔，而是带动一股时尚潮流。

“从这一期开始，好莱坞的东方潮——将因你们的杂志而起！”

封景的话语结束。

摄影棚全部安静了下来，Louis 完全惊呆了，而杜云修则是“完全赞同封景”所说的态度，热烈地看着封景。

“啪啪啪。”杂志女主编却忽然鼓起掌来，口吻满是欣赏，“仅剩的两个 points（问题点），都被你考虑得这么详细这么周到了，并且‘反客为主’，我又岂会放过这个机会？看来，复古风之后就是东方潮了。还有，幸好——你和我不是同行。”

很久之后，当 Louis 询问杜云修对他跟封景的看法时，杜云修是这样说的。

“封景的特殊之处在于，他从来不是以‘一次事件’的角度来考虑事情的，他是从长远的、稳定的并且不断前进的方向来做最灵活同时也是最优化的考虑。但他最大的优势——不是他的能力，而是，他这个人本身，令人深深着迷，却又不可自拔。”

这一期的时尚杂志终于出刊。

Louis 早早就在纽约一个比较大的报刊厅守候，封景则待在家里，慵懒地喝着咖啡。这件事两人意见分歧很大，有点互不相让的意味。而 Louis 则是摆明了——要看看这个不遵守好莱坞规则、另辟蹊径的东方人能有多大能耐。

封景不是不紧张。

以前跟厉睿在一起的时候，他敢拼敢冲。因为知道即使失败，也有厉睿在后方坚守。在两人关系没有恶化的时候，封景觉得厉睿是最强固的，也是最无法撼动的，所以无论他怎么任性、冒怎么样的风险，都不用害怕。

那时的封景深信，自己绝对不会由于跑得太快，没有站稳，而从高空中狼狈地跌下来——因为下面永远有厉睿接着他。只是最后，曾经深信过的人，挪开守护的位置，并给了他致命一击。差点以另外一种方式让他摔得粉身碎骨。

那是，比从高空中突然坠下更深的痛。

客厅的气氛并不活络。

Brauchli 坐在靠着落地窗旁的田园风格的单人椅上，封景则倚靠在客厅正中央的古典欧式沙发。两人各据一角，有种微妙的相互抗衡的感觉。平时这个时候有杜云修，所以怎么样都不觉得尴尬，也不会无话可说，但是今天一大早杜云修就不知去向……

两人目光短暂的相视之后，看报纸的继续看报纸，品咖啡的继续品咖啡，各自做着自己的事。

突然，有人进来。

封景和 Brauchli 不约而同地抬起眼皮，望向门口。

杜云修回来了。

但是跟平常不一样的是，他变装了，戴着墨镜，围着围巾，怀里抱着一叠杂志——以他为封面的杂志。同时也是根据封景的提议，做的“东方潮”的专刊！

封景一愣，突然之间就明白了。他从没想过，杜云修会这样做，会在杂志出刊的第一天，去买杂志冲销量。杜云修的责任只是拍张封面照。就算这期杂志的销量一般般，也跟他没什么关系。因为人本身，就是杂志女主编定下来的。

但是，因为是自己提议的缘故，杜云修才会这样做吧。

只有这期的时尚杂志大卖，才能证明，他的想法是符合这边的游戏规则。比任何人都更了解自己的担心，比任何人都更支持自己的决策……

杜云修。

“你真是……”封景忍不住开口，可是声音到了喉间，却怎么也发不出来，反而眼睛有点湿润。

封景忽然明白。

杜云修跟厉睿，是真的不一样。

这种不一样，不在于他们的身份，一个是 ESE 的总裁，一个是演员；也不在于他们的性格，一个独断深沉，一个是温柔低调；而是……厉睿会放手，让他去闯，让他去冒险，但是也会在一开始总会先作出衡量，预留一条后路。即使他失败了，厉睿本身的根基不会受到重创。

而杜云修不同——他是把所有的一切作为抵押。所有的一切，都完完整整地、信任地交给他，如果失败，最先受创的不是他，而是杜云修。

在最初“被辞职”的时候，对方就是赌上未来一切演戏的可能性和当时的人气名声，在一片骂声中第一个力挺他；现在在陌生的美国演艺圈，杜云修完全可以按照 Louis 最符合好莱坞的运作模式、去拍摄封面；但却仍然选择支持他的想法，相信他的策划……

正因为这样，所以封景内心也害怕。害怕营销方针在不同的文化环境下会显现出不同的效果。这种文化差异很难细说，但是的确影响重大，就像有的国家非常不喜欢一种颜色、一个数字，只要用错，就会造成产品滞销。

这次的“东方潮”主题，真的能够被美国大众接受吗？

在没有准确的销量数字出来以前，其实封景当天对杂志女主编说的，全部都是——空话！

没有过多久，Louis 也回来了。

他没有得意，也没有讥讽封景，只是看了封景一眼就回房了，之后，Brauchli 也收起报纸离开了。

这到底是好……还是坏？封景皱了皱眉。

“要是那天你按照 Louis 的方式去做，就不会有这么多麻烦事了。毕竟他才是最熟悉这里游戏规则的人，虽然未必会引起最大的影响，但是一定不会有错，多上几本杂志，你的知名度就会快速上升……”即使装成平静的语调，但还是夹杂着一抹苦涩。

创业艰难。

尤其是在陌生的国度，陌生的语言环境，陌生的文化环境下，更是难上加难。

“我觉得你的想法完全没有错。”然而，杜云修却望着封景的眼睛，回答得很笃定。

“我记得你曾经对我说过，演员的职责是演戏。宣传的职责是宣传。如果一部片子，演员演好了，票房却不好。那责任并不是在演员身上，可能编剧、发行方、宣传都有问题……

“你的想法很好。连我这个外行人都觉得，只要做对了，那么这期的时尚杂志绝对会掀起‘东方潮’。对杂志本身，它只是一期需要冒险的内容，但是最后的结果——却可能是引领整个时尚界的潮流！整个时尚界都会因这本杂志而动荡！

“策划的工作是策划。你抓住了这个点，发掘了它的可能性。而是否能够抓准、抓住，并拍成漂亮的图片，就是主编和摄影师的事情了……”

“所以……你就是完全相信我，相信这次一定会成功？”封景听后，安静了几秒，然后又挑了挑眉。

“嗯。”杜云修弯起眼睛，毫不犹豫地说道。

“……那你还买这么多本杂志？”封景摇了摇头，轻笑一声，突然之间，也看开了，没想到云修会拿过去的话反过来开导他。

“上次在国内，我们封云工作室成立的时候，不是也买了很多份报纸吗？我想，这个是你第一次在国外策划，并且得到了对方女主编的认同，说什么也是值得纪念的。”

“认同并不重要，销量才是最重要的。”

“但是，总有什么比销量更重要的东西吧。”

封景一怔，诧异地抬起头。

而杜云修只是目光沉静地看着封景笑。

第十四章 / 以此破局

过了十多天后，两人才明白，为什么那日 Louis 回来，既没有得意扬扬，也没有嘲笑封景。因为第一天那本杂志的销量平平，既不显眼，也没有跟同类杂志差很多。

可是，第一天过后，第二天过后……

在其他杂志过了新刊刚上市的火热期，这本杂志的销量反而以持续的、坚挺的势头继续上升。尤其在近几天几个大明星的街拍风都明显地加入了东方元素后，以杜云修为封面的这本杂志一下子冲到最高，大卖特卖，不少年轻人走过报刊前都会说一两句。

“最近好像很流行东方风。”

“我看到 Jessica’s blog（杰西卡的博客）里的自拍就有这张，很特别，我也想尝试一下……”

杂志越卖越火。

封景这才发现，在他原来的计划中，他还算漏了一点。最最关注时尚的，不一定是那些杂志读者，而是想要永远走在时尚前端的那些大明星！最后结果可想而知——这期杂志比当年前八期都卖得好！

杂志女主编甚至亲自打电话给封景，并且想邀请他共进晚餐，Louis 心底很不是滋味。

然而，他们之间最大的矛盾此时并未爆发出来。

在不久《皇家冒险》续集拍摄结束后，Louis 和封景就杜云修未来的发展进行了完全相反、争锋相对的激辩。这一次，连 Brauchli 也表态了——他站在，Louis 这边！

杜云修在《皇家冒险》续集的戏份全部完成，剩下就是主角的戏份和后期的事情了。

好莱坞的大片比较倾向个人英雄主义，所以剧情并不复杂，所有的悬疑总是直指幕后的总 boss，但是特效惊人，张力十足，节奏紧凑。票房越高的片子越是用时间和金钱堆出来的视觉盛宴！《皇家冒险》第一部的后期做了两年多，《皇家冒险》续集的时间也不会少。这中间空出来的两三年，杜云修应该怎么发展一下子就成了最重要最关键的事情。如果这一步走得不得当，那么如今建立起来的名声，在这个竞争激烈、永远有数不清新鲜话题的好莱坞只会迅速湮灭……

“Derek，我给你联系了几个导演，他们过去拍的片子都不错。当然，比不上 Luc 的票房。”Louis 开口道，“现在他们筹备的电影都想尝试一些东方元素，我透过人脉关系，向他们推荐了你！看什么时候你们见个面？试试镜？”

Louis 一边说，一边看了封景一眼。

那样的眼神含有其他的信息，就好像在说，上次的杂志是你的侥幸，但是好莱坞不是只凭偶尔的“灵光一闪”，无论在哪里，交际关系网才是最重要的！

而这一点，只有在好莱坞闯荡这么久的他才拥有。所以这一回，Derek 肯定要依赖他。

因为，没有明星不迷恋好莱坞。

对于Derek，这个中文名叫“云修”的家伙，Louis其实是颇有微词。

如果换成其他的明星，就算在本国混得很好又怎样，来到了好莱坞就是另外一个世界，另外一种法则，都会对他这个经纪人言听计从。可Derek却一直对他淡淡的，甚至更信赖那个什么都不懂、连英语都说不清的东方人！

他搞不明东方人都是怎么思考的。

他和封景相比，谁能帮助自己最多，谁在好莱坞的人脉最广，认识的导演、制片最多，不是一眼就能看出的吗？选择对自己最有帮助的，才是最正确最聪明的做法吧！

但是这群奇怪的东方人却似乎更看重之前的感情，甚至搭上自己的事业……

实在难以理解。

“剧本是什么样的？”这的确是个好消息，刚刚在好莱坞打出一点名气，杜云修也想继续再稳固稳固。

“放心，都是非常适合你的！”Louis学着李小龙的经典pose，挥了挥拳，很是得意，“而且——都会用到中国功夫！”

Louis的话说完，杜云修眼眸中感兴趣的光芒却立刻淡了很多，只是礼貌地微笑。

杜云修看得出，Louis在好莱坞的确待得很久。

或者说，待得太久了。

好莱坞出了一个李小龙，所以Louis拼命按照这个成功的案例去打造他，想要把他打造成功夫巨星。然而，杜云修最喜欢的并非打戏。打戏也许是他演艺生涯中不可缺少的一个环节，也是步入好莱坞的跳板。但他更想尝试的是一些内心戏丰富、有挑战的角色，而不是一个又一个披着东方武术外壳的脸谱式人物。

“有没有别的？”杜云修问道。

Louis一怔，望着对方的眼里闪过一抹不解。别的？别的是指什么？他费了那么大力气，跟导演搭上关系，为他挑选为他引荐的这些难道不好吗？

他再一次觉得很难理解东方人的思维。

要是别的明星听到自己带回这些消息，绝对第一时间会问导演是谁，曾经拍过什么电影，有没有得过奖项？最后一定是急匆匆地想得知试镜是什么时候……

这个东方人却只问，有没有别的？

Louis 突然想笑了，眼神有点不屑。

他以为他是谁，好莱坞身价过两千万美元的那些超级巨星？要不是 Brauchli 开出的薪水具有绝对的说服力和诱惑，他干吗放着其他有潜力的西方演员不顾，来做这个黄种人的经纪人，还想方设法为他建立国际名气？

“云修，你有没有想过……拍剧集？”

一直没有发言的封景突然出声，细细长长的眼睛望向杜云修，没有平日张扬，而是一种很正式、深思熟虑之后的神色。

“剧集？”杜云修跟着重复了一声。

“对，剧集，美剧。在美国，电视剧都会先试拍几集，然后给各个电视台试看。如果他们喜欢就可以买下版权，剧组那边则继续拍。如果收视率好的话，除了第一季之外，还有第二季、第三季……”

封景说得很仔细，很严肃。

杜云修明白了，封景其实早有主意。只是这次这个——的确是太冒险，太有颠覆性。谁会让一个身上有世界电影票房纪录前几名的演员，放着其他好莱坞大片不管，去接其他小屏幕的剧集？

恐怕就是如此。

所以封景才会这么正式提出——因为，从来没有演员这样做过！

任何人只要想想，就会明白封景为什么这次会这么没有……底气。无论是在国内，还是在国外，演小屏幕和大屏幕的通常都是两拨人，尤其是演惯了大屏幕再回小屏幕，那不仅是“掉身价”的感觉，一般的电视剧市场上也有价无市，根本请不动。

不然按照什么标准付片酬？如果是按照电影那种方式，他们肯定付不起；若是按照电视剧的价格，一旦这次身价降下去，以后的电影酬劳就不好开高价了……

而这也是大多数电影演员不肯再回小屏幕的主要原因。

封景是如此敏锐，能够快速把握大方向的人，应该不会没有分析过这些，但是，是什么让他提出这种在其他人看来完全是“开玩笑”的提议？

“他们在说什么？”察觉到杜云修和封景之间的气氛不对，Brauchli 蔚蓝色的眼眸划过一抹暗光，低声问旁边的翻译。

“啊？”翻译怔了怔。他是封景请过来，雇主应该是封景才对，可是眼前的这个人是美国最大传媒集团的继承人……

任何人对地位尊贵、权力极大的人都会有种畏惧感。

小翻译也是如此，想了想，自己没有勇气得罪 Brauchli 先生，便把封景的话全部翻译了过去。

封景转过头看了翻译一眼，狭长的眼睛微微眯了起来，似笑非笑。

翻译忽然觉得自己像被针刺了一下。这种刺痛并非来自封景的眼神，而是他突然心生的背叛感，在 Brauchli 和封景之间，他好像背叛了封先生……

然而，Branchli 纹丝不动，高贵如蓝宝石的眼睛优雅到了极点，在听完了翻译的转述后，直接对杜云修说：“你应该考虑考虑 Louis 的话。”

“虽然电影演员接剧集看上去很离谱，不过我是经过了充分的分析和衡量。”封景看着 Branchli 的眼睛，“凡是华人演员到好莱坞，总会出现这样一个现象——他在国内的人气会跌得很快。”

“谢颐就是一个例子。当初天王一样的人物，粉丝那么多，然而这几年重心放在国外后，国内几乎看不到他的身影，他的电影，他的新闻。演员是一种需要曝光率的职业，无论是电影电视剧的曝光，还是绯闻丑闻的曝光。只有时不时出现在大众视线之下，才可能保持人气。

“好莱坞的电影当然是我们最大的王牌。但它的缺陷也很明显——制作周期太长了！一个系列拍第二部，相隔六年，拍第三部，则相隔九年，我们没有那么多的时间去耗这个周期，利用不可把握在手中的东西去维持名气和人气。

“所以，我的建议是，参与美剧拍摄。虽然小屏幕可能比不上大银幕，但是它拍摄时间比较好控制，制作周期短。每一季和每一季之间还有可以调控休息的时间段，这个期间我们可以选择拍电影或是回国。而最最重要的是，美剧面对的是小家庭，数以万计的小家庭。

“看电影毕竟要进电影院。不是每个人都对电影狂热，并且可以通过九十分钟到一百二十分钟的电影记住你的角色。但是美剧就不一样，它覆盖的是广大家庭。如果想稳固人气的话，我觉得参与美剧是更稳妥的做法。

“尤其是现在网络这么发达。即使你在美国拍美剧，国内的观众也可以通过网络看到。周期短，覆盖的普通家庭广，国内国外都兼顾——这是我建议你接美剧的理由。”

封景狭长的眼睛转向杜云修。

他知道这个要冒很多的风险，但是他更想杜云修能再相信他一次！他不能输，他们两人都不能输，所以只能以极大的冒险——以此破局！

而杜云修也回望着封景。

“我不同意。”然而，Brauchli的一句话就敲碎了封景和杜云修两人之间的气氛。

“在好莱坞，没有这种做法。况且你的这些想法是按照一切进行得顺利的方向去思考的。如果收视率不高被砍，那他不仅错过了其他大片的拍摄，电影那边的身价还会跟着降。一旦无法趁热打铁，中途又出现人气下滑，其他的导演对云修的信心也会动摇。”

“况且，很多美剧的版权都是无法输出的，想利用美剧维持在国外和国内的人气……”Brauchli 看着封景慢慢地说道，“是不行的。”

Brauchli 和封景的视线在空中碰撞，蔚蓝色的眼珠对着细细长长的黑色眼眸。这一次，无论是优雅的 Brauchli 还是张扬的封景都没有一丝想要伪装和睦的意味。

“云修，你怎么看？我建议你跟 Louis 多商量，他更有经验，对你进入好莱坞这个圈子更有帮助。毕竟这里不是你的国家，有很多规则在那里用得过去，这里却未必行得通。”

一旁的 Louis 目光有些得意，将手放在裤袋中，而翻译则紧张地看看封景，又紧张地看看 Brauchli。

封景狭长的眼睛望着杜云修。

是那种很坚定，只要云修同意，两人就一定能克服任何难关的眼神。

“我相信封景。”杜云修掷地有声。

没有采用 Louis 的意见，将自己往好莱坞的功夫巨星上定位。“台上一分钟，台下十年功。”杜云修很明白，自己那只是临时抱佛脚，并不能代表真正的中国功夫。而封景的建议，看似难度系数非常高，但是仔细衡量之后，就会发现那对拓宽戏路是非常有用的。

要接好莱坞大片就只能接打戏。可若是小屏幕的美剧，枪战、破案、惊悚，甚至带有感情戏的生活剧都可以。尤其是近些年的美剧，编剧和导演更喜欢采用不同肤色不同背景的演员，通过各国的文化信仰差异，将剧情的戏剧化调到最大值。

至于片酬……

在这一点上，封景和杜云修的看法很一致，人不可能面面俱到。当选择了一项之后，就不要后悔没有得到的了。

Louis 气极，跑到 Brauchli 面前抱怨："Derek 太不配合了！完全不听我的话！被那个东方男人花言巧语欺骗，最后肯定会失败！"并且发下狠话，他再也不会为 Derek 处理任何事！

不会处理任何事。

首先就包括杜云修要面临的美剧合约——这是相当致命的一击！当初《皇家冒险》续集的合同就没有争取到有利的条款，直接导致意外事故发生时处理非常被动的位置。而现在杜云修和封景已经看中一个剧本《偷天换日》，马上面临的就是签约问题。

Louis 知道，却故意来这手。

"没关系，我们按照正常的来。到时候让律师看看，只要合法权益受到保障就行。"杜云修安慰封景。好莱坞的巨星通常都很大牌，要住什么样的宾馆，要多少保镖，有的甚至还专门指定要什么牌子的矿泉水，或是剧组不能动他的发型，要配什么颜色的指甲油，种种奇怪的要求，都会写进合同里去。

"放心吧。"面对杜云修的包容，封景只是唇角微勾，眯了眯眼睛。

《偷天换日》讲述的几个人利用自己的技能获取金钱的故事。

它并非传统意义上，寻求法律来解决问题，而是遵循以恶制恶，以暴制暴的方针。

成员有：Leader（队长），曾经身为律师，精通法律，所以能够游走于边线，让警察抓不住把柄。Hacker（黑客），计算机一级棒，你的一切信息他都可以查出来。Angela（安吉拉），小偷，偷窃高手，任何红外线保安都难不住她。Alice（艾丽斯），超级大美女，擅长色诱和各国语言。以及，Kong（空），杜云修的角色，一个神秘的东方男子，身手不凡。

封景和杜云修两人一起选了很久，才敲定这个。

原因有两点。

其一，利用原本塑造的卖点，号召观众，提升收视率，继续巩固人气；其二，美剧的编剧在人物设定上做得非常仔细。这个角色的家庭、他的情人、他的过去，这些涉及感情戏和内心戏的部分，都会在日后的剧集中表现出来，能让杜云修有足够的空间发挥，从而为以后转向别的戏路作铺垫。

谈合同时，杜云修跟封景一起。

杜云修原本还有些担心，但是没有想到，封景的表现让他惊呆了！

合同是事先就传真过来的，封景和杜云修都没看过。不过封景这次不是自己开口跟对方谈判，他照样带着翻译，所有的一切都有翻译进行。他只是坐在位置上，告诉翻译：

“第3项第8条不行，每天拍十小时太长了，这边只能接受八小时，并且包括化妆和吃饭的时间。

“第5项第2条，按照我们的文化习惯，没有这样的事，请尊重我们的文化。

“年底是国内非常重要的日子，春节那段期间很重要，没办法拍戏。中途国内可能有重要的奖项颁发，这个时候要回去领奖。”

杜云修看着封景说得头头是道，心底相当惊讶，封景什么时候掌握了这些，连国外国内的假日差别都考虑到了……

封景看出来他的疑问，轻轻扬起唇角：

“你以为我让Louis嚣张那些日子是干什么的，在他用力卖弄他的技巧和人脉关系时——我也在偷师……我当初可是对他说过，非常期待他的表现的。哼。”

翻译一项一项地翻着。

剧组那边的人一边考虑，一边叹气用英文说道：“这些精明的经纪人真是难搞。什么时候连东方人都这么老到了。”

这句话一说完。

封景转过头，朝杜云修狡黠地笑着说：“看，这就是为什么继续请翻译的缘故。在他们说话，翻译翻过来的时候，我们不仅有多的时间思考，还能知道他们背着我们在说什么。”

一想到封景为自己付出那么多，杜云修觉得自己也要暗暗努力，觉得不能拖后腿。

《偷天换日》开拍。

跟电影那种大手笔的拍摄相比，杜云修发现美剧也有它的不同之处。最明显的就是剧情，美剧的剧情转折变化非常快，情节非常紧凑，几分钟一个点，几个情节之后一个高潮，高潮中套着悬念，环环相扣。

这样的剧情更需要演员们独特的表现。一旦表现得好，那个演员就可能迅速蹿红，几个出名的美剧主角都是如此。因此剧组也通常会选择个性、气场、魅力相当强的演员。

这次出演 Hacker 的美国少年，看上去就是一脸聪明的相，很会玩计算机，薄薄的嘴唇，以及颜色浅浅的眼眸，看上去就很会泡妞。事实上，他的花边新闻也的确不少。媒体采访他时笑着问：“你有多少个女朋友，据说你有一百个了。你才十七岁。”那个少年痞痞地坏笑着：“没有那么多！我发誓 —— 一百个绝对没有，不过，七十个应该是有的。”讨人喜欢的相貌，年少的大胆妄为，新鲜的活力加上贱贱的笑容，还有亦假亦真的夸张话语，在《偷天换日》尚未播出之前，就积累了很多少女粉丝。

杜云修自然是玩不来这套。

所有媒体对他的评价是：神秘的、沉稳的，忧郁中透着性感的东方男子，尤其是他出神入化的中国功夫。

杜云修当时没有注意这些。

不过在拍戏时，他也发现，这个看上去 smart（很漂亮）的少年很会抢镜，让他的角色更抢眼更让观众记住。比如在对戏走位的时候。他和饰演 Leader 的黑人演员还是按照剧本上来发挥，但是到了实际拍摄的时候，总会多出一些动作和表情。

观众的注意力有限。

在一个镜头下对话的两个人，肯定会注意那个表情更丰富的演员。

杜云修跟他对戏也是如此。

那个少年经常即兴发挥，一副又拽又痞的样子，将他自己的魅力发挥到最大值，隐隐有种挑衅，觉得自己的人气很高，比这个演过《皇家冒险》，创下票房奇迹的东方演员更厉害。

一次这样，两次这样。这一次对戏的时候，饰演 Hacker 的少年按照剧本上来对台词，问杜云修："我说，难道你就没什么擅长的？啊哈？"

杜云修的台词和表情则是冷冷看了少年一眼，吐出一个单词："武术。"

而实际拍摄中，那个少年却擅自改了台词，坏坏地笑道："为什么会武术的都要穿黑色紧身衣，小心被有癖好的男人看上！……我说，你除了武术还会干什么？"

不仅加了台词，还将杜云修原本的回话堵死。如果杜云修回答不上来，这条就要重拍。

只见杜云修如石墨渲染的眼眸微微眯了眯。

在少年暧昧的笑意下。

杜云修的手迅速钻到少年的一只胳膊下，手腕向上，一翻一抓，用力往后一带。少年的重心顿时不稳，但是杜云修连一秒钟都没有给他，几乎是同时间，右脚脚尖踢下少年脚踝——只是瞬间，少年就四脚朝天地摔在了地毯上，脸上还停滞着完全错愕和吃惊的神色，整个人完全呆了！

这一次——可是货真价实的本色流露。

"揍人。"杜云修的回答依旧跟剧本上一样简短。

只有一个单词。

因为他本身扮演的就是一个沉默寡言的东方男人。

但是整个情景回放，少年问：“为什么会武术的都要穿黑色紧身衣，小心被有癖好的男人看上！……我说，你除了武术还会干什么？”

杜云修回答：“揍人。”

再加上少年被杜云修的一招弄得瞬间倒地，那样的幽默和冲击力就是绝对的抢镜了！

第十五章 / 时光的磨炼

整个剧组的工作人员在一片惊讶中，也纷纷议论起来。

“……他、他的功夫是真的吧？难怪报纸上说他的武功非常深奥！”

“你觉不觉得，Derek 也好帅，谜一样的东方男人……”

“是啊，他好特别，演过好莱坞大片，还来演我们的，演技真的不错，就是太神秘，让人捉摸不透，不知道他在想什么……”

不小心听到这些议论，杜云修心里只想说，他也演过不少戏了，刚才那下只是稍微“响应”对方的抢镜而已，但是很明显，那个饰演 Hacker 的少年却不这样认为，打从那天之后，就一直缠着杜云修，完全成为了杜云修的小跟班，讨好地跟前跟后，以前隐隐的挑衅全部化为深深的崇拜！恨不得在杜云修身旁摇尾巴。

《偷天换日》在美国正式播出！

不少报纸网站都评价它“悬念迭起”“精彩纷呈”“几个演员给我们带来了巨大的惊喜”，有的杂志更是采访了杜云修——为什么在《皇家冒险》续集拍摄结束后，选择《偷天换日》而不是其他好莱坞大片，一连串的轰动效应带来极好的宣传效果！

第一天就进入了收视率排行榜前三，挤掉了不少老牌的美剧。

这样的捷报令封景欣喜，却并没有令他放松下来！比起在美国的收视率，他更担心更关注的是另外一件事——国内的动静！

从《偷天换日》开播，封景就紧盯国内的互联网，每隔一段时间就输入“偷天换日、云修、美剧”这样的关键词，进行视频搜索。杜云修对封景这样的行为有些惊讶，而封景两眼微眯盯着屏幕说：“现在——才是最关键的时候！”新的美剧上映，这样的消息在国内，就像是一粒小石头落入了平静的湖面，先是带入的空气酿成水泡，不断上升，然后形成一圈一圈的涟漪渐渐扩散……

只是，所有人都没想到的是，那些水纹却并没有消散，反而涌起了更巨大的水波浪花，而产生这种奇迹的就是——《偷天换日》！

先是一个字幕组，在获得片源后，马上翻译、校对、制作时间轴，第二天就把种子发在了论坛上。起初长期喜爱美剧的粉丝只是抱着尝鲜的念头下载观看，没想到一发不可收拾，一致觉得这是一部高质量的美剧！而更令他们好奇不已的是：这里面分量不轻的华人演员是谁？好眼熟，镜头还这么多！这么有魅力！

然后有眼尖的人立刻认出——他是云修！

曾经最当红的Legacy成员，曾拍摄过很多偶像剧的云修，出演的《皇家冒险》曾创下了票房奇迹的他，最后一次出现在国内却是两年前。

时隔今日，从最初的出道到现在——已经整整相隔七年！

而云修，过去在圈内引起“腥风血雨”，遭受无数抨击，引发无数粉丝为之辩护，又极其唾弃的人，时隔这么久后，竟然以这样的方式再次出现在国内观众的眼前！

说他红，他在国内一度被封杀，整整三年没有在国内拍片。

说他不红，他是继林萱、谢颐、柳艺等人之后，另外一个进入好莱坞的华人，并且创下过连很多好莱坞巨星都达不到的票房奇迹！

《偷天换日》吸引了越来越多的国内观众，所有的美剧迷都为之狂热！

各个字幕组争先恐后地翻译，每次片源一到，所有的字幕组通宵翻译，连夜赶工，争分夺秒也要将最新的那集赶紧制作出来！而杜云修在里面的角色，随着剧情的深入发展，获得了越来越多人的喜爱！

有个字幕组的翻译们甚至把自己的昵称通通改为：爱云修的jls、爱云修的莲花、爱云修的73、爱云修的夜羽、爱云修的小男孩……

尤其是其中一集，为了给喜好男色的敌人设下圈套，云修穿着黑色透视装，表情冷冷地跟当红舞男贴身跳着热舞，不仅头牌舞男当场就拜倒在云修的牛仔裤下，隐藏boss更是被吸引，而同团队的黑人Leader和拽拽的Hacker，在一旁一边喝酒监视，一边不是滋味。

"怎么穿那么透的衣服。"

"就是！"

"出任务不用跳这种舞吧。"

"就是！！"

"那人的手在干吗？都摸到Kong的腿间了！"

"啊啊啊，他妈的！那人去死！去死！"

字幕组的那些人当场就插入字幕：

Hacker，Leader你们不要隐藏自己的感情了……你们已经表现得非常明显了！

《偷天换日》的热度直线上升。不仅在美国，更在国内。

而云修，这个在国内消失了整整三年，只是间断性地有一些相关新闻的人，突然像龙卷风一样，再次以极其恐怖的速度迅速吸引了一大片粉丝！无论是ESE的资深艺人，还是皇冠荣耀的新锐明星，或是品优娱乐的当红偶像，都在他巨大的人气下，陡然失色……

不是他们暗淡无光——而是蓄积已久的云修此时才爆发出他真正的光芒！

这，就是封景的策略！他预见性地看到了这一点，看到了网络和字幕组这一块，看到了当红美剧的热潮一定会迅速蔓延到各个国家！就算海外版权无法输出，那些美剧演员的人气也只会涨不会跌，居高不下！

而人气，无论在哪个国家，都是衡量一个演员的重要标准。

《偷天换日》第一季的拍摄告一段落，但美国电视台还未播完，国内仍在热追，备受欢迎，这样的形势就连云修也明白——这将是最好的时机！

果然，封景提出了回国。国外始终是异国他乡，只有在国内拥有自己的人气、自己的作品，那才是拥有他们永远的港湾！这样，无论在国外奋斗多久，背后永远会有支持包容自己的力量……

这样的观念杜云修也十分认同。

时隔七年，时光荏苒。尽管那里一度是他的伤心地，一度遭受媒体的谩骂和污蔑，但是作为艺人，必须要能勇于面对，更要有在经历这些后处理好一切的方法。

——每个人的成长，都是在时光中磨炼出来的。

“云修回国！”

“云修接下《陆云笙》再现京剧名旦一生！”

“谢颐将和云修同台飙戏！”

“另一重要主角已确定，由褚风出演。”

“歌神裴清友情加盟，将演唱《陆云笙》电影结尾曲……”

杜云修才刚刚回国半个月，国内报纸新闻、网站消息上就已经铺天盖地是他的消息了。这样的情况一是因为美剧热播，另一方面则是因为封景。即使为云修的事忙得焦头烂额时，在国外最受挫、最低潮的时候，封景也从未切断杜云修同国内的媒体联系。

无论是《皇家冒险》续集发生的意外，片场失火，云修救人；还是被好莱坞电影公司高层亲自接见赞扬；或是拍摄的杂志封面创下了那本时尚杂志今年的销售纪录；接下来被美国有影响力的媒体专访……封景总会将这些新闻传回国内，并确保这些一定会醒目刊登！

因此，就算杜云修在国外两年了，就算没有作品在国内上映，国内仍然能时不时地看见他的新闻，这样的曝光率虽然不算多，但是胜在够震撼，够国际！日积月累就渐渐给国内的娱乐公司和一些媒体粉丝一种印象，杜云修在国外发展得不错。

此时的谢颐完全放弃了国内市场，全面进攻国际，然而谢颐在好莱坞拍的几个片子都讨不到好。国内人气狂跌，国际上的票房失败，双重连锁反应差点让他在国内的地位不保。

而跟谢颐相比。

杜云修，无论在国外，还是国内，单从人气和知名度上，已完全胜过了他。这些，全部得益于封景缜密细致的计划和安排！

"那个角色不是还没决定下来吗？"杜云修看着娱乐报纸上面那些亦真亦假的消息，问封景。在回国之前，他们就看中了几个剧本。根据ESE的优先权原则，无论是哪一部杜云修都可以做主角，但是最后两人却一致选择了《陆云笙》这个剧本。

陆云笙，上个世纪的京剧名旦，"同光十三绝"之一。

无论梨园世家的幼年生活，年少成名后在慈禧跟前演戏，还是参与戊戌变法差点被杀头，以及最后的庚子之乱反抗八国联军……陆云笙整个人生就是一个传奇。而另外一个戏份很重的角色叫顾满砚——一个大臣，这个角色自始至终跟陆云笙有着千丝万缕的联系。

"的确没定下来。"封景说道。

这个剧本很有内涵也很有意思，按照他对云修的了解，云修绝对想接这个电影，但是这样有文艺气息的片子，票房未必会好，说不定还会步《中医世家》的后尘，有口碑而无票房。

为了宣传，封景的确放出了那些消息。这种手法在电视剧选角的时候很常见，拍摄之前都会放出大牌明星出演的消息，进而制造话题，引起大家的好奇心和关注。

“那谢颐、褚风他们？”杜云修继续问道。

“只是拿他们吸引眼球而已，并没有接洽。”

杜云修略微思索一下，然后轻轻笑道：“反正他们以前的绯闻也扯到我，这一次，就当做是还回来好了。”

杜云修的语气跟平日似乎没什么两样，但封景却有种奇怪的感觉，再一次回到国内的云修……似乎更果断，更坚定。站在他面前的，已经不仅仅是身为演员的杜云修了。

报纸上的“选角内幕”还在继续，这边却开始真正的选角。

谢颐、褚风这种大牌是不可能跨过公司出演的，所以试镜的是其他演员——为了顾满砚这个角色。但是令人没有想到的是，顾满砚的人选都不怎么合适，而杜云修这边，看过自己饰演陆云笙的定妆照后，也不怎么满意，总是有种微妙的违和感。

似乎少了一种正旦的惊艳气场，一种勾魂的魅力。

杜云修对着定妆照皱眉头。

陆云笙在剧本中是凤眼朱唇，隐隐带着几分高傲。杜云修的扮相还行，气质却是端正华贵有余，远远达不到剧本所要求的那种略带高傲的气质……

“别给自己太大压力。”一旁的封景走了过来，抽走杜云修手中的定妆照。这个动作干净利落，同时又带着一点隐隐的强势。杜云修一愣，望着封景的脸发呆。

对方细细长长的眼眸，线条性感的薄唇，即使不刻意摆出任何架势，都有一股天然而成的张扬气场。

封景挑了挑眉峰："怎么呢？"

"演戏吧！"杜云修突然开口说道。

"什么？"

"我说演戏，你来演陆云笙，我来演顾满砚。"

"演戏？不可能，我已经十多年都没有演过戏了。"

"嗯，那就，重新复出！"

——重、新、复、出！非常有诱惑力的四个字。同时也要面对复出失败的可能。

它是一次机遇，更是一次挑战。

然而杜云修却看着封景的眼睛，一字一顿，极为认真，他的语气中多了一份前所有未的坚定。就像之前的很多次，封景让杜云修信任他，一起在冒险中前进的坚定。这样坚定的光芒，似乎可以直射人的心里，连封景都一瞬间动摇了……

就在选角的问题还在被一些粉丝津津乐道时，媒体又爆出惊人的消息！

"封景有意复出！"

"沉寂十年有余，封景再次复出！"

一些年轻的粉丝可能对封景不是很熟，但在演艺圈稍微有资历点的谁不知道十几年前，大红大紫的封景在事业风头最劲的时候退居幕后，他之前演的那些角色个个性格鲜明张扬、浓墨重彩，很轻易地就能吸走你的目光，可以让人从头到尾目不转睛地盯着他，眼睛都不眨一下。

现在再次复出，可能年纪小的观众觉得没什么特别的，可在当年那一代心中，封景却是他们心里的神！即便有些已经过了追星年龄的粉丝，听到这个消息后仍然激动不已，在他们心中引起了轩然大波！

总有一段记忆，跟年少的青春紧密相关。那是一生中的瑰宝。

那些通晓整个演艺圈风云的媒体更是跃跃欲试，如果说在十几年前，封景退出娱乐圈是当时最瞩目的新闻，那么十几年后的复出，则是最令他们期待的新闻——封景到底何时复出？以什么方式复出？为何复出？！

面对这些，封景不肯详述，狡猾地卖起了关子。直言这是与新拍的电影《陆云笙》相关，再多的，就不肯说了。要想了解，很明显，媒体们只能猛挖《陆云笙》的新闻，或是猛烈报道他。而猛烈报道他，就自然要报道《陆云笙》这部戏。

无论是宣传自己，还是宣传新戏，封景的这一手可所谓是用得妙极！

在电视节目看到这段访问的厉睿目光闪了闪，深沉的脸色犹如一座阴冷已久的雕塑，在这个金钱和虚荣累积成的娱乐帝国，他站在最顶峰，位高权重，却只能看到一片死海般的寂寞。

没有人靠近他，也没有人来温暖他。

所有人都不知道。

那个张扬的男孩当年是为了他，而放弃如日中天的事业退居幕后。但是现在所有的人都清楚——如今这个沉稳的男人是为了另外一个人而重新复出。

厉睿是那种一旦作出决定就绝不后悔的人。

到现在，他也不承认自己后悔过。不是不能，而是不敢。

因为，已经没有勇气面对他所失去的。

《陆云笙》开拍。

一行人在陆云笙的故居举行了开机仪式。条桌上放了一盆香炉，两只香烛，摆放着香蕉、苹果等供品。正中央是一头很大的乳猪。封景、杜云修跟着其他演员一起先上香，再放鞭炮。一切进行得很顺利，鞭炮也格外响，大家都觉得是好兆头。封景以封云工作室 boss 的身份，给其他艺人切了乳猪……到了最后，有一片却递到了他的面前。

封景抬头一看，是云修。

“尝尝看，我觉得味道不错。”杜云修望着封景，目光沉静，手上的筷子夹着乳猪。周围的演员们谈笑着，有的注意到这边，有的没有，但杜云修的动作一如既往的自然。

“以前吃过很多次了。”封景挑了挑眉峰，目光闪了闪，精明凌厉的眉眼间的线条柔软了一些，就着杜云修的手咬了一块。他现在的气势看上去依旧强势而自信。就像以往给人的固定印象一样——这个世界上没有能让他受挫或担心的事。

但在这热闹而喧哗，以及众人聚焦瞩目的视线下。

恐怕只有封景自己心里才清楚，他心里其实根本没有底。演艺圈风云莫测，大红大紫的天后隐退，即使只过一年便复出，都会发现自己的粉丝早就流失，过去的地位被他人占领。而自己也早已不是商家眼中的宠儿，最受欢迎的代言人。

曾经的天后都会过气，何况是他这种已经退居幕后十几年的人。

那些拍摄手法，那些站位，那些灯光，那种入戏的速度，那些过去演戏的感觉……还会回来吗？还找得到吗？越是明白演戏的艰难，就越会感受到巨大的压力。

“酒是越陈越香。我们已经走到今天这步，以后只会越来越好。一切都会顺利。”杜云修看着封景的眼睛，那种眼睛仿佛可以给人注入无限的信心，“一切有我。”

封景也回望杜云修，两人的视线在空中碰撞，而后变得更加坚定，最后相视一笑。

第十六章 / 荣耀与共

原本是云修饰演陆云笙，现在这个角色转给了封景。

所有京剧相关的知识，身段、造手、眼神、步法都要重新特训。云修是那种苦练的类型，他可以压腿压到冷汗直滴也一声不吭，但封景却是另外一种，他极其聪明，形体指导老师教的时候，他话也不多，但是观察非常敏锐，有些姿势，基本上京剧老师只摆一次，封景就能马上抓住要点和精髓！等上了行头，贴片子之后，封景原本略显阴柔的外貌优势则立刻显现出来了。薄唇凤眼，眉峰微挑，不同于一般名伶的那种柔弱妩媚，封景独特的那种冷冷的、高傲的、靡丽的神情让人又爱又恨。

封景饰演的陆云笙幼年在梨园学艺。身段柔韧，唱得极好，年少时就锋芒毕露，获得追捧无数，每次打赏都是翡翠元宝。

陆云笙所在的双胜戏班在其他地方唱戏。当地的人喜欢另外一个戏子，偏偏那位戏子被陆云笙生生压过一筹。那些人不服气，得知陆云笙要来，准备故意砸场。

一般戏子唱到精彩之处，观众们是绝对要鼓掌甚至打赏的。

但他们不!

他们计划陆云笙一唱到高潮，就一起离开并大骂“唱得太差了”“太糟糕了”。

戏台子是按照旧照片，花了巨资重建的，耗时不少。四角立石柱，透雕仙鹤金蝉雀替，单檐歇山顶。正脊雕有望兽，垂脊上驮垂兽，戗脊上为仙人走兽。垂莲柱则雕饰成花萼云，额枋上的浮雕彩绘而制，颜色绚烂瑰丽，雕工精美无比。

台及腰高，十步见方。

戏台左右两门，门额上分别标着“出将”“入相”四字，金丝刺绣的锦缎门帘光彩夺目。

陆云笙头带凤冠，贴了贴片，一个手势挑开门帘，那种扮相就已经让人惊艳三分!

此时陆云笙戴的是全套的点翠头面：泡子、鬓簪、鬓蝠、泡条、三联、六角、顶花、偏凤、面花、压鬓等，零零总总五十件左右。不是专门的京剧演员，戴上去就觉得沉甸甸的，直往下压。

但他却像感受不到任何重量。

丹凤朱唇，锦缎华服，举手投足皆是京剧名旦的派头。男子气质中带着女子的冷艳蛊惑，同时又兼有男人的瘦削与修长，犹如一枝斜挑出墙的桃花，正值艳色，却让人不敢近看。

下面的观众已是一愣，惊艳无比!

陆云笙一开唱，唱腔更是深邃曲折，敏活流转，无论是眼神、身段、步法、指法、水袖，都让人惊叹不已。那群人还没有平复下惊叹的心情，就已经激动地听完了小半场，而这时陆云笙却唱到他们之前计划的精彩处，他们这才意识到——该实施计划了!

那些人拂不来脸面，只好起身就走，虽然目光恋恋不舍。

——谁知走到一半后，陆云笙又唱了半句!

这半句可跟其他人的唱法完全不同。陆云笙在里面运用衬字，虚字润腔，灵活地转变板眼。整个戏曲瞬间就不一样了，细腻而鲜明，灵动而多变。

众人听得心中喟叹，如痴如醉，顿觉回味无穷，这才是真正的余音绕梁！一时之间要羞辱辱骂的话也忘了，纷纷转回身，又重新坐回先前的座位上，只想听陆云笙赶紧唱后半句。

戏台上的陆云笙眼睛微眯，勾出一笑，仿佛寂寞千山上一株横斜的冷艳红梅。

众人目不转睛。

但见陆云笙一边唱，一边双腿蜷曲下蹲，成半盘卧势，片刻之后，以脚相蹬，再呈斜托掌式站立。这个动作名叫卧鱼，难度很大，非常考验功力，他却一气呵成，呈现行云流水之美。

即使是个外行，也会被吸引，而那些原本要来砸场的那群人再也忍不住，一刹那掌声阵阵，满堂喝彩，大声叫好！！

戏，是后期配唱的。

这一幕足足有四分钟，封景真实的唱腔当然达不到那种轰动的程度。而现在的人也很少懂得如何欣赏京剧，所以那几段唱腔未必能抓住所有人的注意力。

真正揪住人的，其实是这整整四分钟内，封景的面部表现和表情变化，这个过程中整个镜头都在做特写，这更需要相当深厚的表演能力。表演很难，可日后观看的时候，观众却一点也没发现——因为封景每一次轻挑眉峰，每一个眼神的变化，每一次薄唇轻启，就已经让观众们完全沉浸在他的个人魅力之中！

云修在里面则饰演一位风流倜傥的大臣顾满砚。玩世不恭，说的话真真假假，让人看不清真心。他见陆云笙第一次时，就送了陆云笙一匣子光彩夺目的东珠，奢侈至极。

陆云笙在宫廷唱戏，受到慈禧的喜爱，更受到达官贵人的追捧，皇宫贵族都以能亲眼目睹他的风采为荣！很多人即使平时架子摆得很大，但是一遇到陆云笙，便立刻变了态度，殷勤地要求他来家唱戏。顾满砚也是每见一次就邀请一次，不过陆云笙却极其厌恶对方这种花花公子的态度，有时故意刁难，而顾满砚也只是坏坏一笑，就照做了。

这一次陆云笙又被一个王爷请到府上。

陆云笙姗姗来迟，王爷却丝毫不介意，反而奉为座上宾。前来的大臣里也有喜欢亮一嗓的，纷纷想跟陆云笙合唱一曲。已上了妆，贴了贴片的陆云笙，惊艳绝伦，犹如半熟妖娆的石榴垂树挂枝。被刻意勾勒过的细长眼睛灵动万分，仿佛波光粼粼的池塘中的一尾锦鲤，狡黠中带着一抹傲气。

那种气质无比纯粹。

“想跟我合唱也不是不可以……只要他愿意向我磕个头。”陆云笙这话说得轻且慢，狭长的眼梢一挑，透着一分暧昧的妖气与隐隐的不屑。

那些大臣虽然极爱陆云笙的唱腔，平时也无比迷恋追捧。

可他这话一出，却没人接话。毕竟陆云笙再如何被慈禧宠爱，在他们心里也只是一个低贱的戏子……根本不配。

“是吗？”顾满砚嘴角噙着一抹浅笑。

在众人的注意下，上前逼近陆云笙一步，顾满砚的笑容似乎很温柔，然而他看着陆云笙的那种眼神，轻佻，玩味，以及若有若无的琢磨，却让他整个人顷刻之间就又多了亦正亦邪的感觉。

顾满砚逼近。

陆云笙眯了眯眼。

玩世不恭的眼神对上让人琢磨不透的细长眼睛。

这两人，一个把自己伪装成另外一种模样，令人看不出真心；一个把真正的内心隐藏在浓妆之下。

狭路相逢，抑或是棋逢对手。

镜头给了个特写，这两人的气场足够强大。镜头无论对准他们中的哪一个，无论对上哪一双眼睛。那种相互碰撞的危险与刺激，以及不动声色的暗战，俨然急速流转的旋涡，有一种欲罢不能、无法自拔的致命吸引力。

很多演员的肢体语言不够丰富，或是肢体语言过关了，但是人总是缺那么点“气”儿，少了一种夺人心魄的能力。就像一幅工笔细腻的画卷缺了画龙点睛的那抹灵气。

但是封景和杜云修却不是。

后来观看了此片的影评人曾这样说道，如果其他演员需要借助表情和肢体动作来呈现一个人的内心戏，那么这两个人只凭一个眼神就已足够。他们能迅速入戏——不是他们自己入戏，而是让观众入戏！

然而，尽管宫中有慈禧太后撑腰，陆云笙风光无限，暗地里他却支持光绪皇帝的变法，帮忙传递消息。这样的做法惹恼了慈禧，最后变法失败，慈禧斩杀六公子的时候，陆云笙差一点在劫难逃，危机之中，是顾满砚放走了他。

不久后，八国联军入侵。

慈禧太后和光绪皇帝逃离北京，陆云笙中了流弹，性命垂危。在其他人纷纷逃亡、战火连天的时候，却是始终玩世不恭的顾满砚不离不弃，整日整夜地照顾着他，一直到他病好。

陆云笙对顾满砚有了改观。

两人说一起南下，顾满砚犹豫了一下，然后点头同意。但是陆云笙来到码头后，却只有他一个人，船家说顾满砚吩咐让陆云笙先走，已在那边安排好人，会有人接应照顾他。

滚滚江水东逝，陆云笙站在船头一直眺望，却始终不见顾满砚的踪影。

他可能猜到，或者可能永远不会知道，那边的顾满砚正带领着军队抵抗八国联军的入侵，虽然这注定是一场牺牲……

整个影片宏大之中感人肺腑。

无论是封景唱戏的惊艳片段，还是云修看似花心之下的深情和爱国表现，再加上完美还原的背景和宫殿，细腻处犹如江南细雨，磅礴处犹如狂风卷浪，配上裴清具有贯穿力的嗓音所演唱的结尾曲，看得人充满豪情却又夹着悲恸和感伤。

这样的精致优良的制作，加上封景策划的宣传攻势。

在影片上映的首日就取得了非常高的票房和非常好的口碑！两周就收回了成本，而一个月下来，票房就积累破亿，封云工作室更是名声大噪！从拍片到后期制作完上映，时间匆忙，一切进行得飞快顺利却又像打乱仗一样，两人忙得像陀螺，直到这时，封景和杜云修才松了口气。

回想当年。

从国内去好莱坞，这一切多亏了林萱的帮忙。因为她，所以杜云修才遇到一个决定性的转机和奇迹。而从国外再回到国内，他和封景则是抛开已有的名气，将自己当做新人，进行冒险。就像Brauchli当时说的，封景的计算是建立在一切最顺利的情况下。事实上，一旦一步有错，有一步出了差池，可能结局就完全不同了。

封景再次望向云修：“你说，如果我的计划失误。我们这次票房不好，怎么办？就成了笑柄了。”

杜云修韵致的眼睛看着他：“那，我们就从头再来。”

封景勾起唇，笑得十分张扬。

是的，无论发生什么事，未来会怎么样。有这一句话就够了。

封景和云修仿佛横空出世，眨眼间就成了国内演艺圈年度最hot（热门）的当红人物。这两人，一个沉稳中透着一抹忧郁的性感，一个张扬肆意到令人羡慕的地步，单看任何一个，都是巨星的潜质。而两人合在一起，却形成了另外一个更广阔的世界。

无论是他们各自事业的成就，还是两人在《陆云笙》中臻于完美的演技，都受到了极大的瞩目！在粉丝崇拜，媒体疯狂追逐之中——两人之间的关系也成了大众的焦点！

几年前娱乐圈就发生过裴清和厉逍的事。后来裴清出国一年多，大家以为他情伤难愈，会一蹶不振。但裴清归国后在众人面前依旧一副清清冷冷的样子。

他不用刻意讨好别人，他也从不在意别人的眼光。

在唱片界，他就是神。独一无二的歌神。

没有人能模仿，没有人能打败，这是他长久的荣耀。

有了这件事，大家也在猜测，封景和云修之间会不会也跟裴清、厉逍一样！如果是，那将是整个演艺圈今年最轰动的事情。而一些记者则根本不等两人发言，就已经偷拍了很多的照片，直接打上“封景、云修假戏真做？！”这样的醒目标题！

时值金柏奖。

《陆云笙》这部片子已经送去参展，任何非议都有可能影响到评审的评判。其他的娱乐公司也当然明白，《陆云笙》这部片子将是非常强大的竞争对手，于是联手抹黑。无法从电影本身入手，那就从两个主演身上下手。

一时间，封景和云修的绯闻漫天飞扬。封景辞职，云修攀上林萱的旧闻又被掀了起来。每天报纸上关于他们两人的新闻有一半是好的，也有一半是恶意的。

如今的封景和云修在这个圈子这些年，还有什么没有经历过呢？在国内被封杀，在国外被歧视，最艰难的日子都熬过来了，还怕这些编造的新闻？就算有几个记者总是恶意报道，又如何。

他们照样过他们的日子，过着他们自己的人生。

当漫天的谣言污蔑已无法动摇你的心时，那么剩下的就只会是真正荣耀的光环。

有记者手举话筒，摄影师扛着摄像机，直接问当事人：“封景，你喜欢云修吗？拍戏的时候你们有没有假戏真做？”

封景唇角向右勾起，细细长长的眼睛弯了起来，里面闪动着狡黠的光。他没有直接回答，而是转过头，对云修喊话：“她问我喜不喜欢你。”

在一旁接受另外一家媒体访问的云修听到后，立刻笑着回应：“我喜不喜欢你，这个问题还用问吗？”

这两人，面对媒体的功力已经一日比一日深厚了。两人之间的“默契”，在媒体眼中，已经是完全不需要提的问题。

金柏奖的提名名单出来了。

《陆云笙》获得了八个提名！云修和封景更是获得了最佳男主角的提名！这是非常奇怪的一件事，但是评审委员会给出来的理由是，虽然影片的名字叫《陆云笙》，但是云修在里面的戏份并不少，无法单纯地划分是男配还是男主。

这种消息喜忧参半。喜的是两人都获得了最佳男主角提名，忧的是从没有一部电影有两个人同时获得这种提名。这样不仅容易分散选票，并且失去了得最佳男配角的可能性。

粉丝替他们着急。

而其他的一些人则等着看笑话。

星光璀璨的红地毯上。

封景和云修两人穿着定制的顶级设计师纯手工白色西服，贵族的质感，衬得他们更加挺拔修长。云修扣着蓝宝石袖扣，封景打了一条酒红色的性感领带。

两个同样帅气逼人的年度最当红人物一起出现在红地毯上时。刹那间，无数镁光灯闪光灯亮起，犹如白昼。早已习惯这种架势的云修笑得犹如春日融冰，封景笑得张扬到了极点，两人优雅地举手向粉丝们挥了挥……

几年过去了。

这个圈子就像大浪淘金，不断地冒出更多的新面孔，大红大紫的巨星有的仍在，有的已经完全退出。

一路上，云修碰到了柳艺和柳章。柳艺已经按照柳章给她制定的道路，接拍了两个好莱坞大片。只是票房不佳，并未引起什么轰动。而柳章现在已经是皇冠荣耀的副总，真正的事业有成了，据说经常去林萱妈妈那里看望林萱的小宝宝。

大家入座。

金柏奖和演员们一样，每年都有更新，每年都不同。想起第一次获得最佳新人奖时，封景把诧异的自己狠狠搂住，惊喜地叫着："快去，快去领奖！"……这算不算冥冥之中自有安排了？

主持人还是那个唇齿伶俐的女主持。

这些年，仍然没有人能撼动她的位置——因为资历和实力在那里。

封景被其他人拉过去说话，昏暗中有人靠近，叫着杜云修的名字，带着异国情调的咬音。不过，只剩一点点了。

时间改变一切。

傅子瀚琥珀色的瞳人在昏暗中，不见当初的迷人，反而有些困兽与疲倦。

封景略微提过他的事，当初初生牛犊不怕虎之后，ESE和品优娱乐那种老牌资深的基业就显露出来了。被两家联合镇压，加上本身又是黑帮的家底，一些东西不干不净，连带旗下艺人闹出丑闻……

"你好。"在一片沉寂中，杜云修回应道。

对方笑了笑，当初年轻的轮廓变得更加硬朗，眉眼之间有着一抹沧桑。这是跟他在一起时，没有过的情况。

"我看见那个采访了。你们现在……做得不错。"傅子瀚看着杜云修，轻轻重复道，"真的不错。"

比当初跟他在一块儿的时候，更自信，更好。

"嗯。"杜云修浅浅地笑了笑。

有那么一刻，傅子瀚觉得嗓子发堵，他曾经一直认为杜云修会到他的公司，跟他一起并肩而战……

封景从别处回来，看到傅子瀚之后什么也没说，只是眯起细细长长的眼眸笑了笑。封景未语先笑，傅子瀚脸上神情未变，心里却冒出涩涩的痛……

只是，一切都为时已晚。

颁奖典礼一项接着一项地进行。

云修一共来了四次，第一次是孤独而绝望，第二次是意料之外的惊喜，第三次是自欺欺人的期盼，而这一次……是纯然的观赏。

他们已经有票房、有口碑、有人气，就算最后不得奖，他们也不会失去什么。得奖，才是意外的嘉奖。

正因为可以全数放开，所以他们更无束缚，更无压力。

云修和封景一边欣赏，一边小声交谈着，与其说是一场颁奖晚会，对两人来说，更是在轻松地看节目。

“下面——是最最令人期待的最佳男主角！今年，我们的影帝将会是谁呢？”女主持人悦耳的声音透过麦克风响彻在整个会场，音乐环绕响起，大屏幕滚动播放了五位提名者的片段。在云修眼里，封景的那个片段节选，任何一个镜头，都已足够勾起人们想看这部电影的渴望！

不过在这五个人中，云修还发现一个自己熟悉的人，褚风。

他和品优娱乐似乎合作得还不错，演的几部电影虽然票房不是最好，但也不差，从节选片段中，云修看到，褚风已经一点一点地摆脱了谢颐的影响，开始树立自己的风格。

这很好，每个人都有自己不同的特色、不同的路。

左边前面几排，有人扭过头来看着他，是褚风。云修顺着方向望去，褚风的头发剪得很短，他差一点都认不出。应该再也不会有人说他是谢颐第二了。两人对视了一秒，大概又想起第一次在这里发生的最佳新人奖的事情。最后同时而笑。一笑泯恩仇。

“就是——就是——”女主持人依旧卖着关子。

跟上一次觉得是漫长的等待不同，这一次杜云修甚至心态很轻松地在想，一年也就这一次卖关子的机会，抓紧呀。

“就是——”这一次女主持人终于把话筒递给了颁奖嘉宾，“就是——封景！”

台下立刻爆发出了一阵欢呼声，这个曾经是天神般偶像的男人再次复出是绝对众望所归的事！

杜云修正准备搂紧封景。

“等一下，等一下——”女主持人又大声叫着。所有的观众一愣，难道弄错了？杜云修也愣在那里。

“云修！”

观众们真的愣住了，不会这么大的乌龙吧。但女主持人依旧笑得十分镇定：“——还有云修！今年的最佳男主角是封景、云修！金柏奖历史上第一次产生双影帝！恭喜他们！云修，封景，你们还等什么，快上来吧。我知道你们封云工作室，也知道你们从来都是一起的。所以这次也一起把我们的最佳男主角奖给捧走！”

下面的观众开怀大笑，诚挚地祝福。

封景站了起来，右眼眯了眯，朝女主持人食指做了一个献出飞吻的动作。这个动作正好被摄影机投放到大屏幕上，顿时无数女明星不顾形象地尖叫起来。

杜云修和封景一前一后走在领奖台，金柏奖的小奖杯捧在他们手中。

杜云修想起很久以前谢颐对他说过的话。

“到时候，我们就会站在颁奖台上，台下所有的嘉宾都会用最羡慕最嫉妒的目光看着我们。我们两人将会站在这个演艺圈的最高峰——只有你和我，才能够达到的高度！”

而如今，跟他携手站在这巨大荣耀下的——却是经过无数考验，并肩齐进的封景。

细心精明的封景、性感张扬的封景、偶尔也会脆弱的封景。

台下的谢颐仿佛突然听见了这句话——这句他多年前的誓言。

他没有做到，可是别人却做到了……

谢颐说不清心底是什么滋味，只是愣愣地看着台上跟封景一起的云修。往日的浮华犹如过眼云烟，他红过，更踩着将他视为最重要的好友上位，从此无往不利。

然而这些年过去了。

在这个繁华奢侈得近乎孤寂的演艺圈中，他顶着巨星的光环，星光璀璨却感觉不到一点温度。那些曾经的对杜云修所说的梦想，那份想演戏，演得更好一些的勇气，在名利和票房的束缚下仿佛指间沙，一粒一粒消失得无影无踪。

有些秘密，将永远封存。因为已不需要开启。

这是一个奢华荣耀的演艺圈，这是一个追逐梦想与名利的演艺圈。

漫天繁星之下，有人平步青云，扶摇直上，有人千方百计，得不偿失，有人红颜枯骨，香消玉殒，也有人相濡以沫，携手共进！

洪流的时光中。

总有人肩并肩站在一起——坚定的。永远的。

一如杜云修与封景。

（正文完）

番外之一 / 人生若只如初见

专辑 1：《花花世界》

厉逍从小就知道自己得天独厚，要风得风要雨得雨，哥哥厉睿更是东星娱乐公司总裁，只手遮天。

顶着出国留学的幌子，在国外过得好不快活，酗酒、飙车、组 band，所有潮流新鲜的事情他全部玩过，没有人比他更为鲜活张扬。

厉逍一直觉得，他生命里只有两个词，一个是自由，一个是音乐。

直至有一天，在朋友的酒吧里，酒气未消的他搂着当时的金发女友听着重金属摇滚，那样的音乐最为他中意，仿佛整个生命的力量全部绽放，热血激昂，尤其是音乐到了高潮时好像火山岩浆爆发，震撼天地！

然而那一晚 DJ 不知怎么打的碟，音乐到了高潮时，并不是震耳欲聋的节拍，也不是迷幻合成的电子音，而是一道犹如天籁之音的清越嗓音从层层叠加的金属乐中倾泻而出，像是一泓泉水，又像是沁着冬雪，直溅心底，金属乐恢弘昂越，而高潮部分却因这道天籁竟有种无人能敌的圣洁大气。

厉逍听得目瞪口呆，足足两分钟姿势一动未动。

十几年的人生认知完全在此刻颠覆。

他在国外玩音乐如此之久，不管是爵士乐、说唱、节奏布鲁斯，乃至美国中部乡村音乐，都有涉及，却从未想过在这时尚新潮的西方，灯红酒绿之中，自己竟会被这东方的声音打动。

“我靠，这是谁的歌！”当时一头黄毛的厉逍又是欣喜又是激动，漂亮的眼睛里是难以抑制的羡慕加佩服，“我靠靠靠，这他妈太帅了！是谁，这是谁的歌?！”

他中文一团糟，除了泡妞、飙车，什么都没学会。

那天晚上明明喝了好些威士忌，他却翻来覆去无法入睡，脑海里不停回响着那道清越的东方嗓音。如果说神话中希腊海妖的歌声，能够把水手们带向不归路，那么此刻他就是被深深引诱的那个人。

虽然中文里面还有一个说法，叫“余音绕梁，三日不绝”。

他终于弄到了那个人的名字，原来对方叫——裴清。

对方早就是国内天神般的人物，为人低调、疏离，却被无数粉丝膜拜，令无数音乐人疯狂。如果这个世上他们只能选一个歌手唱他们创作的歌曲，那么他们百之九十九会选裴清，剩下的百分之一是觉得自己的作词作曲还不足以让裴清献唱。

裴、清。

厉逍舌尖念出这两字，冷冷清清之中又有种独特的味道。

他第一次放弃赛车，喝酒，以及跟女人的约会，在电脑上付费下载了裴清全部的歌曲，在线听了他所有的演唱会，花花公子变宅男。厉逍从不觉得国内音乐有多么出色，那些旋律那些歌词会有多棒，然而裴清的歌声却完全颠覆了他的概念。他愣愣地看着那个在演唱台上，那个一脸疏冷清丽得犹如水中月雪中梅的人，对方闭目，对方眼睛微眯，对方薄唇轻启，每一个动作，每一个细节，每一个眼神，厉逍都看了一遍又一遍，回味了一遍又一遍。他简直无法想象，那样美妙且清冷到了极点的歌声，是怎么从这个人嘴里唱出来的……

“我要回国。”厉逍连夜给厉睿打了电话，美国和国内有时差，他听裴清的歌到半夜，正是国内早晨，“哥，我要回国！我要进娱乐圈！立刻！马上！”

厉睿从没听到过他弟弟用这么期盼的声音对他说话。

更没有料到，从此之后，几乎凡是跟裴清相关的事情，他弟弟厉逍的表现都异于常态。

那个早晨，阳光璀璨，ESE总监封景一手捧红的Legacy组合仍然人气爆棚。

染着一头金发，打着钻石耳钉的厉逍，神情飞扬，眼睛里充满着热切的期盼奔向机场，奔向未知的奇迹与宿命。

厉逍从小身体就不好，厉睿很是照顾他。

即便到了现在，厉逍已有十九岁，厉睿依旧扮演着父亲的角色，宠爱且严厉，但是绝大多数都是溺爱。厉逍要进军娱乐圈，身为ESE总裁的厉睿马上就找了最专业的经纪人带他，为了他联系最好的音乐制作人，国内最好的音乐录制间随他挑。

厉逍没有想过要混出什么名堂，他想进军唱片界不过是为了离裴清近一点，看看这个传说中的歌神，为此他还拉了从小到大的死党傅子瀚一起进圈玩票，对方是皇冠荣耀的继承人，地位名气跟他相当。

但是没有想到，他的一时之念，竟在娱乐圈掀起了不小的风暴。

人气居然逐渐赶超这两年红得没边的Legacy组合，甚至还打破了他们之前创下的各项纪录。

商场、电台、大街小巷，无所不在，无所不及，全部是他的歌、他的海报。

海报中，金发蓬松的他，眼眸漆黑，目光亦正亦邪，嘴角勾起一抹坏得有些轻浮的笑意，以一种极酷的姿态抱着一把火红色的电吉他，浑身上下散发着一种不可一世的光鲜。

他的经纪人曾说，放眼整个娱乐圈，没有一个明星的容貌有他这种亲和力和邪气交织的魅力。无数粉丝为他疯狂，无数歌迷为他尖叫，他们的崇拜铺天盖地地朝他涌来，甚至冲熄了他对裴清的敬仰之情。

他是一匹无人能敌的黑马，第一张专辑《花花世界》火箭般冲到唱片销量排行榜TOP3！那时唱片界还没委靡，他的成绩扶摇直上，他的大哥更是大手笔，一次又一次为他开庆功宴，销量达到白金的消息像旋风一样呼啸着席卷整个娱乐圈，无人不知无人不晓。

整个花花世界为他倾倒。

专辑2：《厉逍！》

他就是天之骄子。

其他人在这个圈子辛苦混了十年也未必得到的机会，无数人讨好般地想送入他手中；其他人无比想要的资源，他不用说，厉睿就会吩咐下属整合配置得十分完善；其他人努力了好几年，尝尽各种绯闻、丑闻、潜规则才得到的赞扬和光环，他不到短短半年就拿奖拿得手软。

最佳新人奖、最佳单曲奖，他要什么有什么，想什么来什么。

他金发，他文身，他飙车，他特立独行。就连在国外组band的那些事迹，在其他人眼中，在他粉丝歌迷眼中，都是年少轻狂、才华横溢的标记。

所有人都兴奋狂热地尖叫“厉逍”“厉逍”，所有人都为他疯狂，无数女粉丝甚至他哥哥公司里的女艺人都迫不及待地想投怀送抱，甚至以此为荣。

在外界赞扬一片的情况下，他推出了以自己名字命名的第二张专辑《厉逍！》，如果说第一张专辑纯粹是玩票，那么这一张则是大获成功之后，他以一种少年皇帝掌控唱片界的心态所推出的专辑，整个团队阵容，制作经费，MV导演比第一张更多更厉害。

他的目标就是成为国内唱片界的第一！

美人在怀，美酒在杯，头上顶着无人能及的光环。

裴清这两个字，在他体验到这种娱乐圈所带来的浮华名利，以及这种偶像被崇拜被敬仰的感觉之后，渐渐黯淡到了不知名的角落。

他大哥厉睿看好他，死党傅子瀚帮他站台宣传，整个 ESE 发动了全部人脉资源，为他这张专辑《厉逍！》铺路冲榜，一切比第一专辑还要顺利，尽管当月有其他老牌资深歌手挡道，但《厉逍！》依旧一路凯旋，迅速冲到了各大榜单 TOP2 的位置，TOP1 的宝座唾手可得！

可是谁也没有想到，《没有告诉你》突然空降 TOP1！

当天等着看自己专辑成为第一的厉逍得知这个消息顿时脸都绿了，原本胸有成竹，只等这个喜讯，然后好嚣张无比地去公司跟他大哥炫耀，没想到竟然被凭空出来的《没有告诉你》硬生生挤掉了第一名的宝座！甚至未来好长一段时间也是稳稳坐定 TOP1 的位置，任凭厉逍那边搞再大的宣传攻势和活动，也无力反扑。

那是裴清的专辑。

有看不惯他如此张扬的 anti（反对者）在网络扬言：《没有告诉你》，还真是没有告诉厉逍——有裴清在，他这辈子也别想得第一。

棋逢对手，狭路相逢。

他完全没有想到自己归国之后这么久，竟然是以这种方式跟裴清“相遇”！

音乐论坛上，裴清专辑下方的留言全部是一片赞扬之声，所有乐评人都忍不住一首歌一首歌细品，从作词到作曲，再到裴清的演绎，颇有阳春白雪知音流水之默契，而他下方，粉丝只会狂热地叫：“厉逍你好帅，好想让你做我男友。”“这就是我家的小逍逍，酷毙了！”反对者则说：“去死吧，装×！”“一个只会卖颜的烂歌手……”以及那些自命高端的毒舌乐评人评论道：“喧嚣浮躁，偶像时代的偶像唱法。”简直是一个天上一个地下云泥之别。

裴清。裴清!

厉逍念着他的名字。

专辑3:《一击即中》

虽然唱片大卖，但是厉逍全然没有第一次那么开心。

他回国是为了见见传说中的裴清，可是踏入娱乐圈之后，却在崇拜和掌声之中忘记了这个初衷。

而如今的他，已经不想再抱着小粉丝的心态。

第二张专辑被裴清力压一筹，激起了他年少的狂妄、嚣张和斗志，他一定要胜过裴清，一定要赢过裴清!

"哥，我要最好的音乐制作人！我要找日本的音乐教父，我要找韩国的 dancer 编舞!" 厉逍在电话里对厉睿大声说道，眉眼之前全是生动鲜活的野心，"一切都要最好的！这一次，我一定要《一击即中》拿到 TOP1，跟裴清的新专辑一较高下!"

他的第一张专辑只用了三个月的时间筹备，第二张专辑也不过半年，但是这一张却足足花了八个月的时间，之前的制作人都是国内的高手，这一次则是花了大量经费请了国外最顶尖的音乐人操刀。

这张《一击即中》集合了众多元素。

既有韩式电子舞曲，笑得邪气顽皮的他化身吸血王子，上演了一段旷世奇缘；又有气势恢弘的快歌，淋漓尽致的编曲、歌词让人兴奋到了极致；还有以重摇滚为支架的第二波主打歌，整个 MV 的电脑特效直逼好莱坞大片；剩下的，更有时下流行的小清新治愈系，也有靠长相卖萌适合 KTV 的口水歌。

总之十二支曲目，面面俱到，覆盖了几乎所有受欢迎的音乐类型和各种歌迷。

厉逍野心勃勃，年轻气盛。

不相信这张集合了众多最顶尖制作人的《一击即中》压不倒裴清的新专辑！

他一向不屑那些女歌迷，也不屑那些因为他身份而故意示好的人。但是这一次，为了他的新专辑，他主动配合宣传，跟那些女歌迷合影，上其他主持人的节目，声势浩大，宣传效果好得不得了！

而裴清那边，依旧是这几年的惯用手法。

海报加新歌试听，裴清已经很早就不在各种综艺节目中露面了，更别说拿那么低的通告费只为了宣传。

厉逍这边的宣传攻势如火如荼，歌迷宣称爱他爱得要死，裴清那边不瘟不火，动静一般。

一定要压倒裴清！一定要压倒裴清！在第一波主打歌打榜的头一天，厉逍激动担心得整晚都没睡好，第二天顶着黑眼圈一看——《一击即中》TOP1！

“哦耶！”他又惊又喜，又诧异又激动，当下就朝天挥舞了一下拳头，开心得快要合不拢嘴，兴奋了半小时，等后来看完排行榜，才心生奇怪地打电话问经纪人：“怎么裴清不在上面？”

这简直不可能，就算他是TOP1，裴清也至少应该有进TOP3。

那边支支吾吾了半天，最后才说：“因为跟裴清撞到一起，所以厉总安排新歌打榜提前一天，之前没有告诉你……”

厉逍听得当场就想狂摔电话，辞掉这个经纪人！他刚刚得意开心了那么久，简直就是空欢喜一场，亏他还像白痴一样欣喜若狂了老半天。

第二天，被裴清粉丝誉为“天神降临”的那一刻终于来到！

无论厉逍身份地位多么高贵，无论厉逍后台多硬，无论厉逍请了多少重量级别的国外音乐人，裴清新歌《天神降临》一打榜，所有歌手通通让道，意料之中地包揽了各项第一。

裴清一出，谁与争锋！

他在，或者不在，乐坛神话这几个字，只有裴清才担当得起！

再次被挤到第二的厉逍，几乎快要挠心抓墙，他耗尽精力的《一击即中》还是在裴清的《天神降临》面前溃不成军。他就像是一位少年成名、声名赫赫的贵族骑士，却始终不敌高贵天神的万丈光辉……

即便厉逍再不情愿，也想知道对方到底唱得怎么样，MV拍得怎么样。他的《一击即中》拍得犹如好莱坞大片，各种帅酷镜头拍得精湛到了极点，灰蒙蒙的天际飞机低空过境，眉眼精致帅气的他一身黑色挺拔军装，黑色军筒靴，一下子变身为蒙面侠，一下子是觥筹交错中身着燕尾服的名门贵族，香槟、美人、赛车，整个歌曲激昂恢弘，节奏感十足，耗费了不少资金！厉逍钦点这首为主打歌，满意之至。

而《天神降临》，广阔无垠的深邃星际，裴清穿着白色希腊长袍，头戴橄榄枝编成的头环，在漫天星河之中浅唱低吟。根本没有什么烧钱的大特技，更没有那些炫目的香车美女，然而每一个镜头都追逐着裴清，眉宇、眼睛、鼻梁、唇、下巴的弧线，所有的星空和大海延入他的眉角发梢，延入他白色优雅长袍的袍角……

那样的特写看得越久，越生出一种不同的感受。

到了最后就连厉逍也情不自禁伸出细长手指触摸了一下电脑屏幕，屏幕中迷雾里的裴清一步一步从海里走来，清冷的眉眼，修长的腿，干净的脚趾。每走一步，深蓝色的大海就在他背后自动分开，以一化二，直袭天际。蔚蓝海水在晃动，一袭希腊白袍走在前方的裴清，空目一切，骨子里透着一种高贵天神才拥有的慵懒和清冷。当他半眯着眼清唱时，冷漠清疏的眼中是藐视一切的毫不在意，空谷幽兰般透彻的嗓音贯穿深邃天际，黑色巨大的苍穹之上漫天星辰开始坠落……

那一刻，厉逍才深觉，他的《一击即中》没有击中TOP1的宝座，但是，裴清的《天神降临》却一击即中了他的心！

专辑 4：《倾倒》

他跟裴清仍然没有交集。

但是在其他粉丝越来越为他着迷时，他心中对裴清的狂热就犹如火焰一日比一日高涨。比其他粉丝还要狂热，比他的粉丝对他还要炙热。

厉逍一遍一遍听着裴清的新专辑。输得心服口服。

或许他邀请的那些顶尖制作人能够把摄影、合成、录音，一切都做到最商业化，做到最完美的效果，可是在音乐的面前，却输给了裴清的天然且纯粹。

因为纯粹到了极点，就已经足够藐视一切强大的技术处理。

他房间里贴着裴清天神之姿的海报，手机里用的是裴清歌曲当铃声，电脑屏幕用的裴清照片当墙纸，他的死党傅子瀚知道后，大笑他完全成了追星族，笑得他好没面子，最后道，裴清下个月有演唱会，问他要不要票。

"我要跟他见面！演唱会之后，我要跟他见面！"

厉逍被傅子瀚吐槽得又羞又怒。他十几年的肆意人生，什么时候像这种被人捉住弱点般的不好意思。但裴清的东家是皇冠荣耀，傅子瀚绝对有办法。

演唱会那天，人山人海，黑压压的一片。

裴清还没有出现，然而所有歌迷心目中的热情却快要爆裂出来一样，所有人都能深切地感受到这将是一场盛大的无与伦比的演唱会。

在漫天的黑幕中，一束光投射到了舞台中央。

无数流星仿佛从天际坠落，人海的海浪声一浪高过一浪，不知什么时候，有人高呼了一声"裴清"，紧接着排山倒海般的高呼响起：

"裴清！裴清！裴清！"

成千上万人激动万分，仅仅这两个简单音节，却迸发出最强烈最期待的爱意，而厉逍的心，更是跳动得无比激烈，丝毫不输给在场最狂热的歌迷。

漫天星辰，越飞越快。

突然，升降台升起，一身雪白白袍的裴清在万众期待之下慢慢出现。

星光闪耀，夜幕浓烈，镁光璀璨，烟花灿烂。

然而当裴清那清冷的眼神扫过全场，当第一句歌词从他嘴里倾泻而出时，一切纷杂无序的高呼呐喊全部在他高山流水般的天籁之音下，俯首臣服，湮灭而熄。

没有任何一道光束，强得过他的光彩，没有任何一道声音，盖得过他的歌声。所有万丈光华全部集中在他的身上，在这个天地之间，在这个舞台之上，他就是无人能及众人倾倒的——歌神。

裴清的每一个动作，厉逍都像品评这个世上最后一杯美酒一样，细细地品，细细地回味，恨不得将这种感受嵌入骨髓，以此绵绵不息，永不消磨。

他第一次如此近距离地看着裴清真人，第一次如此靠近裴清，以至于整个过程他都舍不得多眨一下眼睛，多呼吸一下，以免少看了一眼，少听了一句……

怎么会有这样的人?

怎么会有这样的人，哪怕只是就那样站在舞台上，一点花哨的劲歌热舞都没有，单凭他偶尔一道慵懒的眼神，一段颓废的唱腔，一个不经意的清笑，就仿佛卷起千堆雪，千树万树梨花开，临水照影，如痴如醉。

怪不得。

怪不得他是国内所有音乐人心中的圣域。

怪不得国内外所有制作人争相抢着想跟他合作。

怪不得他演唱会的纪录直至今日从无歌手可以打破。

因为，他就是神。

天神降临，谁也无法阻挡。

厉逍的每一次呼吸随着裴清的歌声而变化，厉逍的每一道眼神随着裴清的神情而变化，演唱会完毕，在众人依依不舍久久不肯离去的留恋中，厉逍靠着傅子瀚帮他拿到的工作人员证件，从 VIP 渠道跑向了裴清的休息室。

他心情激动而热烈，但是每走近一步，心里又生出更大的不安和忐忑来。

就要见到裴清了，就要见到裴清了。

可是，哪怕是他主动要傅子瀚帮他安排，哪怕是他想见裴清想得不得了，哪怕他完全倾倒在裴清的歌声之下。

厉逍还是担心紧张得要命。

他担心万一裴清不理他怎么办，他更担心裴清万一、万一……不是他心目中所想的那个样子怎么办。

虽然他心底从未勾勒过台下的裴清到底是何种模样，但他进了娱乐圈之后，见惯了太多台上清高独特，台下谄媚圆滑，见惯了太多台上冰清玉洁，台下十分不堪。

裴清，台下的裴清，究竟会是什么样子。

厉逍已经到了裴清休息间门口。

就在傅子瀚也在示意让他进去时，厉逍举起了手却犹豫不决，他向来肆意任性，无所顾忌，然而现在，时间一秒一秒过去，他却迟迟不敢敲门，担心一敲门，就敲碎了自己的倾倒。

这个世上他可以承受任何一切的幻灭，却唯独不愿意对裴清幻灭。

他没有敲门，但是休息间的门却自己开了。

厉逍和傅子瀚双双一愣。裴清身边的金牌经纪人也是一愣，接着向他们微微点头，在这个圈子，厉逍、傅子瀚背景优越，后台强硬，即便是圈中大佬也要卖他们面子，又有哪个工作人员小艺人敢对他们礼数不周呢？

但是，现在却偏偏有一个。

即便经纪人都在同厉逍、傅子瀚打着招呼，早已换掉演唱会略微夸张的服饰，如今只穿着灰色休闲衫，戴着黑色帽子和口罩的人，却一点也不在意地从他们身边擦身而过，行为低调气场却强大得如同一阵龙卷风。

厉逍瞳人瞬间放大。

黑色帽檐将对方的脸已经盖住了一大半，口罩更是遮去了他的鼻唇，身上灰色休闲衫毫无特点，泯然于众，但是厉逍却无比肯定这个人——就是裴清！

“裴清。”厉逍飞快转过身，大声喊道。

在空荡荡的VIP走道里，他声音里面爆发出来的热烈惊得傅子瀚和经纪人一跳，几乎可以融化一切冰雪。

然而，裴清只是淡淡扫了他一眼，眉宇之间那丝清冷疏离纹丝不动，接着继续朝出口走去。

他看到了他，可是跟没看到一样，没有区别，没有差异。

厉逍脑海里幻想过无数次他和裴清见面的场景，他开口说话引发裴清讨论音乐，或者是裴清得知他的身份后主动跟他搭腔，以及其他种种。但是完全没有想到会是这一种——已经变装的裴清，丝毫不答理他。甚至觉得离开会场都比他有价值。

厉逍心里滋味繁复，但是心底却竟然生出一丝喜悦。

他觉得自己简直就是一个受虐狂！尤其是当他发现，即便裴清清楚傅子瀚的背景，即便连他的经纪人都会向他们打招呼时，裴清依旧毫不在乎，冷淡得像夜风一样，他居然觉得爽，居然高兴，居然觉得——他心目中的裴清就应该这样。

厉逍快速跑向裴清，一脸兴奋与倾倒，金色的头发在白炽灯下闪闪耀目，一如他对裴清的热烈。

“我叫厉逍。我特别喜欢你的歌，在国外的时候有一晚酒吧里面放歌，当时听到后我立即就惊为天人，你怎么可以这么棒！我听了你的歌整整一周，女友电话都没接，结果被她甩了……”

厉逍觉得自己完了，简直成了疯狂追星族加话痨。

日后他被傅子瀚耻笑：“那么多美人投怀送抱不要，偏偏要去缠着那个对你不理不睬的歌神裴清。”

“滚，”厉逍脸上一层薄薄的羞赧，拿着沙发上的抱枕朝他扔过去，“你懂什么！我这是崇拜，崇拜！”

“切！”傅子瀚不齿他，“搞得比追姑娘还勤。真想接近他？我可以搞到他电话号码。”

厉逍立刻就像见到鱼的猫，眼睛都亮了：“真的？！”

“前提是……我要跟你们公司的云修合作一次。”傅子瀚眼睛笑眯眯的。

“没问题！成交！”毫不犹豫，兴奋不已。

傅子瀚跟云修去日本合拍电视剧了，而他也如愿以偿地拿到裴清的手机号码，却没想到歌神的“手机号码”就跟烫手的山芋一样，他不知道要不要拨通，要不要发短信。

他的手机是非常时尚的一款，可是厉逍却天天只盯着电话簿的那一栏：裴清，还有他的号码。无数次想打过去跟对方说什么，哪怕只是对方一个冷淡的“嗯”，无数次想倾述自己对对方的崇拜，哪怕对方根本不把他放在眼里。

但是，他就是这么没用。

别人在圈子里混得战战兢兢的时候，他豪气冲天，杀伐果决，可是别人爱情甜蜜，他却连一个电话都不敢拨过去，担心裴清因此对他产生了厌恶。

他帝王般的大哥厉睿察觉到了他的变化：“要是你不想输他，我派人去找欧美那边音乐制作人。获过格莱美奖的。”

“不，不需要。”可是出乎厉睿意料之外，厉逍没有之前那种非要战胜裴清不可的锐气，反而发自内心崇拜，眼神晶亮，“他的确是唱功过硬，歌坛神话。我，比不上他。”

厉逍不知道要怎么才能令裴清对自己刮目相看。

他日日夜夜地写歌，日日夜夜地作曲，夜幕降临，繁星满天，他就盯着手机上裴清的那两个字，弹着电吉他，唱他对他的仰慕，唱他对他的倾倒，唱他对他的崇拜，唱他对他的狂热。

刚进入娱乐圈的时候，他希望他就是这个唱片界的第一，所有歌迷粉丝爱他敬他为他疯狂，可是到现在，他竟只希望自己的歌能够被裴清一个人听到就好。这个世上，其他所有人加起来都没有他的一个眼神来得重要。

虚荣，名利，不可一世的光鲜。

他现在通通都不要，只要那个清冷疏离的人，眉眼冷漠的人，回过头认真看他一次，回过头，听他唱一首歌。

厉逍一直认为，他生命里只有两件事最重要，一个是自由，一个是音乐。

而在这音乐的国度里，裴清成了他的一切。

他终于拨通裴清的电话。

那道既熟悉又陌生的声音冷淡地说了一声："喂？"

厉逍浑身的血液都在奔流，又紧张又期待，他就像是豁出一切的骑士，只想等着他的君主赞美。就在裴清没有耐心准备挂断电话的时候，一段重金属风格的电吉他 solo 从手机另外一端响起。这一段 solo，厉逍投入了整个身心，全心全意，如果说《天神降临》里裴清圣洁清冷的嗓音足以分海坠星，那么此刻，恢弘激昂的音乐足以开天辟地、日升月沉。厉逍开始唱，他不知道此刻裴清是否有听，但是他只想把心中的火热，心中的炽热唱出来，没有电子音合成，没有技术处理，就是一个少年心中迸发最激烈感情的歌，就是一个少年为其深深倾倒的曲，酣畅淋漓，浓烈鲜活！

厉逍一曲唱完，大汗不止，气喘吁吁。

他的刘海已汗湿彻底，胸膛起伏不定，唯独一颗心跳得火热。他从没如此认真地去做一件事，他从没如此热切地去做一件事，而今晚全部豁出去了。

他闭上眼，不想去看手机那一端是否已被挂掉。

过了半晌，就在厉逍的心慢慢冷却的时候。

手机传来熟悉而陌生的声音开口评价道："声线单薄，但是胜在感情。"

冷冷清清的语调。

但是却如同全世界最宏大的喜悦狠狠击中了厉逍的心。

漫天的欣喜刹那间淹没了他。

厉逍瞳人放大，漂亮漆黑的眼睛里仿佛有万种星芒闪动，他扑过去抓住手机，牢牢的，声音激动：“下个月我会开演唱会，请你、请你一定要过来听！”

裴清没有答复。

既没有说好也没有说不好。

厉逍忐忑不已，但是演唱会的排练却鼓起了十足的干劲。他原本嚣张任性，在国外如此，回国之后更是变本加厉，觉得自己受欢迎有人气是命中注定，因此做任何事都是率性而至，很少认认真真、踏踏实实。

但是这一次，所有的工作人员都发现，厉逍改变了不少。

演唱会非常消耗体力，以前让厉逍健身锻炼他时常半路开溜，而现在每天跑步三小时，从未偷懒。请的 dancer 也是认真配合练舞，而不是以前兴趣来了才跳跳。

在这个圈内，没有人敢命令厉睿的弟弟做什么，能够让他这么拼命疯狂练习的只有他自己。

而这一次，他如此拼命，原因只有一个。

裴清。

只有裴清。

演唱会终于来临，不管他发了多少条短息，打过多少次电话，甚至让傅子瀚帮他旁敲侧击问裴清到底会不会来，也始终没有音讯。

在后台准备的厉逍再一次向经纪人确认，还是没有裴清的踪影，他为他留了最好的位置，然而那个位置，却空空如也。

为那个人写下那么多的词，为那个人唱了那么多的歌，还特地烧成碟傻傻地托傅子瀚拿给对方，却再也没有得到过只字片语的评价。

厉逍亦正亦邪的眉宇之间透着一抹苦涩，但是眼神却坚定无比。

就算……就算裴清不来，他也要完成好这次演唱会，也要将所有的歌唱得最好，总有一天，总有机会，裴清会听到！

烟火升起，绚烂地冲向夜幕，璀璨绽放。

舞台上漂亮的激光束不停闪烁，各种激昂音乐响起，动感的音乐恨不得让所有观众都跟着舞动！不同于裴清演唱会的清雅圣洁，厉逍的曲目几乎全部都是劲歌热舞，他穿着黑色皮质舞台装，上面的铆钉闪闪发亮，又酷又有型，怀里抱着一把赤红色的电吉他，镁光照了过来，仰头、跳跃，魅力四射，有着少年独有的炽烈如火的激情！

绚烂的烟火，激昂的音乐，动感的节奏，整个场面狂热无比，歌迷们极其兴奋！

厉逍又唱又跳，气喘吁吁。

这场演唱会几乎耗去他全部的体力，耗去了他全部的精力，他很累很累，但是整颗心却异常兴奋，斗志异常昂扬！

之前的三张专辑，他是想当偶像，想唱歌，想唱片大卖，想争夺排行榜，但是这一次，当他把所有观众当做裴清为他们而唱时，那种全体观众给他的掌声，对他的热爱，他实实在在地感受到了！他第一次这么强烈地感受到，唱歌竟比他想象中的还要快乐！

厉逍扬起下巴，看了看夜空，繁星闪闪。

他深呼吸了一口，闭了闭眼，他即将演唱最后一首歌，这是他精心为裴清准备的歌，一遍一遍地写，一遍一遍地调试，一遍一遍地唱。

他多么想，让裴清在这场演唱会上亲耳听到这首歌啊。

可是……

厉逍睁开眼，漂亮的眼睛再一次习惯性地望向那个预留的 VIP 座位，但是这一次，他瞳人猛地一缩，手里的电吉他一瞬间被握得紧紧的——裴清，裴清来了！

“最后一首，我要送给你们，要送给‘你’的是——《天神降临》！”

观众一愣，接着一片哗然。

《天神降临》不是裴清的歌吗，怎么厉逍要唱这首？

还没等他们诧异完毕，“砰”的一声，干冰与烟火起飞，整个舞台顿时如烟如雾，似梦似幻，仿佛万年被迷雾缭绕的众神之山，在一片茫茫的白雾之中，只有厉逍的眼睛亮如星辰！

前奏突然响起，但是不同于裴清版本大篇般清澈空灵的竖琴，厉逍这一版起调极高，变形的电子音穿插在摇滚风的前奏里，同时伴以空灵的竖琴，看似凌乱的编排手法，却非常有层次，完全带来了耳目一新的感觉！

连裴清都忍不住一怔。

裴清的眉宇第一次打量了一下这个在舞台正中，唱得大汗淋漓，耗尽全部力气的少年，尽管对方声线单薄没有得天独厚的优势，可是唱得却无比投入，无比真挚，无比火热。

最后，裴清的眼睛微微一眯，嘴角轻轻勾起一个浅笑。

而生气勃勃的厉逍，笑得亦正亦邪的厉逍，眼里满是喜悦的厉逍，直直望着裴清的方向，用着满腔的热情帅气唱道：“天神降临，谁也不可阻挡，我欲与你争高下，最后却倾倒在你面前……”

那一年，天神降临，他倾倒在他面前。

而冷漠的天神，也终于被他打动，终于认同了他的音乐。那是厉逍人生中得到裴清的第一抹浅笑。彼时，只有倾倒，只有热烈，未来的一切尚未发生。

人生若只如初见。

番外之二 / 记得 @ 他们

随着网络的发展，越来越多的粉丝希望能进一步了解他们喜欢的偶像。以前是博客，而今是微博。这些地方记录了明星们大大小小的事件，随时随地的心情，工作、生活方方面面，喜欢他们的粉丝加他们的关注，刷着偶像们的更新，一举一动都牵引着他们的情绪。

顾羽注册了微博。

这个一夜成名的 MV 男主角才一天粉丝就突破了三十万，而后《云珩宗》大热，他一个扮相的图片分享，就能被转发两三万次。

宋微注册了微博。

这个绯闻众多的女星在微博上的表现却和那些报纸上的她完全不同，幽默、积极、敢做敢说，有时也会自嘲，很多原本对她印象不好的观众也渐渐扭转了印象。

柳艺也注册了微博。

这个走着国际影坛路线的女星每次发的不是她红地毯的照片，就是她正在拍摄的电影，虽然很多粉丝加了她的关注，却不得不承认她的微博有点贫乏……

在越来越多男明星女艺人开了微博之后，粉丝们都纷纷猜测下一个开微博的明星是谁，会是天王巨星吗，会是他们喜欢的大牌艺人吗？而其中呼声最高的就是——封景和云修。

一些粉丝纷纷在微博上呼喊：

“云修，你‘老婆’沈雨枫@柳艺（他们曾合作出演《唐云起》，沈雨枫是角色名）都开微博了，你啥时候开微博啊？你‘老婆’喊你回家开微博！”

“做人呢，最重要的是开心。出来混的，总是要开微博的。封景、云修，你们觉得我说得对吗？不如我下碗面给你们吃？吃完你们就开微博，嗯？”

“他们一定会开微博。不管你信不信，反正我是信的。”

“在山的那边海的那边有一个封小景，他高贵又傲娇，他长发又泪痣。他嚣张张扬演技精湛帅气又无比，每天过得幸福又开心，哦活泼的@封小景，哦可爱的@云小修，他们感情超好事业得意每天都好开心，他们到底什么时候才来开微博！”

“封景、云修，你们再不开微博，姐就要疯啦！”

尽管无数男男女女在微博上“呼唤”，甚至出现了各种让云修封景来开微博的各种段子，但是……每次记者们问封景和云修这个问题时，他们要么只是笑着摇头，要么眉头一挑，反问一句：“不如你替我开？”

他们的人气名气太高。

在这样的身份下，他们的一举一动都成为大众的焦点，再开微博似乎只会更加将大家对他们事业的焦点转移到他们的私生活中去，一言一行都会被大众媒体猜想和揣测吧……

封景云修迟迟未开微博。

粉丝们很不甘心，却依旧无比期待着。

终于，在封云工作室制作的年度大片《当年明月在》上映之后，突然不知道从哪里流传出一个消息——封景和云修有微博了！封景和云修终于开微博了！

他们两人的人气本身就高得不行，万众瞩目，尤其是《当年明月在》拍摄时，几度传言他们感情破裂，跟顾羽、宋微关系暧昧的这些新闻，更是闹得风风雨雨，好长一段时间都是热门话题榜 TOP10，以及搜索率热点 TOP30。

这个消息一传开，所有的粉丝一下子高兴极了，纷纷问道。

“在哪里？在哪里？！”

“快去加@封小景，@云小修！！”

“是这两个吗……名字好萌呀！”

“哦……我去看了下，为什么我觉得不太像是本人……”

“也没有被认证……”

“难道是因为他们一直都很低调，所以不想认证？”

一群人在 ID 为封小景、云小修的微博下方询问。

“你们是真的吗？摸下巴。”

“真的是封景和云修吗？好喜欢你们演的戏哦，永远支持你们，你们一定要永远演戏哟！”

“《当年明月在》好好看，拍得好有质感！封小景的魔殿堕天，云修的仙尊云闲，好萌好萌，就是太虐了！”

这两个微博两三天更新一次，只是从来没有正式回复过粉丝们的疑问，也从没正式回复过他们究竟是不是真的云修和封景。虽然大家将信将疑，但是更多的人却逐渐被这两个微博上的内容给吸引了……

紧接着，大家发现，虽然单独看封小景和云小修的微博，好像都在自说自话，但是如果将这两个微博一起看，却是非常有意思的事情。比如，现在《当年明月在》票房持续高涨，他们的微博就会出现这种话语：

封小景：“仙尊为什么这么呆，一定要跟那个仙界使者走？难道觉得她比我漂亮？自堕魔道什么的，才不是因为觉得自己被放弃了，嗯哼！”

云小修：“生气归生气，不要不吃东西。你不吃，对身体不好。”

看过这部电影的，在下面一群狼嚎，评论数一下子就有几千了。

就在大家以为他们这种“天王巨星”应该不会回复大家的留言时，没想到封景有时竟万里挑一地转发回复了一个。

封小景：“连扇爷都想知道？——-不告诉你们！”

看到这条微博的粉丝一片眼冒桃心地尖叫！

这个“封小景”也太狡猾了，这不是赤裸裸地吊大家的胃口吗？！下面全部是一片“告诉我们嘛”“想知道……”之类的。

但是封小景不说就是不说。

不过不要紧，因为——云小修这边更新了。

云小修：“我以后会更好一点，大家不要多想。”

这条微博一发，大家全部喷了，捂嘴笑道：“原来是这么回事啊。”“噢……噢……噢……”

而那边封小景立刻就奓毛了。

封小景：“说什么呢，我这就去找我的绯闻密友！”

联系前段时间电影拍摄时的绯闻，大家都清楚绯闻密友指的是顾羽还有宋微，之前对那些八卦绯闻还有一两分揣测的人，现在全部放下一颗心。

云小修：“怎么办，他生气了。要不……要不我做碗面条给他吃吧！”

路人甲：“……神也不能阻挡他们了！”

路人乙：“这个地球太不真实了！连云小修也腹黑了。”

路人丙：“哈哈，封小景你就好好吃吧，绯闻密友神马的，都是浮云！”

封小景：“……抓狂。”

云小修：“好呀！”

封小景：“衰……”

随着他们的微博更新越来越多，好多人都大呼治愈，在其他明星或者平淡或者纠纷的新闻里，ID为封小景和ID为云小修的微博有趣多了，虽然没有被认证，但是粉丝已经有好几百万了，遥遥领先于其他大部分艺人。

“他们的微博真有意思，不过，要是真人就好了。”

“是啊，不知道现实生活中是不是这样……”

治愈归治愈，但是很多人依旧希望是真正的封景和云修在更新这两个微博。

虽然觉得这几乎快要成了一件不可能的事情了。

渐渐地，大家发现，虽然这两个微博没有以前萌了，但是有的微博下面开始多了一些剧组，还多了一些跟其他艺人的互动。在《当年明月在》的续集起用原班人马，电影上映时，这种情况就更明显了。

封小景：“魔镜魔镜告诉我，这张照片大家会不会喜欢？”

下面是一张剧照。

巨大的火莲之中，一个红衣少年，侧卧花间，美得令人屏气凝神。

红衣少年，眼帘闭合，右手轻轻托腮，姿态慵懒肆意，仿佛沉睡了几千年一动不动，他墨色的长发，一缕一缕，沉浸在清澈的潭水之中，如丝般乌黑清丽。

唯独额间的火莲纹案金光闪烁。

无数个粉丝争相回复，无数个转发，但是封小景只转发评论了一个人的。

云小修：“喜欢。”

明明就是很普通的话语，很简单的语句，但是两人之间那种深情和幸福却好像所有人都感受得到……

其他艺人也开始@起他们。

顾羽：“@封小景我不是故意害死魔殿的。其实我是大好人，我是大好人。”

宋微：“还敢说！你完了，仙尊肯定不会放过你。我赶紧躲远点。”

顾羽：“喂，不带这样的啊！你不是喜欢我吗？！女人啊！”

宋微：“这就叫大难临头各自飞！我身为魔殿右护法，没有杀你就已经格外开恩了。”

两人正在微博上开着玩笑，原本一些不成熟，因为不喜欢剧中角色而讨厌演员的年轻观众们，看到这种互动也露出一个释怀的笑容。

但是没有想到，一向几乎不跟其他艺人互动的封景，也转发了宋微的微博。

封小景：“准奏。”

这个准奏……不就是命令右护法杀掉顾羽的意思吗？

顾羽的微博立刻回复了。

顾羽：“不是吧！”

宋微：“小道士，你完了！你完了！你完了……”

顾羽：“救命啊！”

宋微：“这种情况下，只有一个人能够救你——@云小修。”

顾羽：“@云小修师尊，念在我亦遁入仙界，拜乃门下，就让魔殿@封小景饶了小的吧！”

就在大家猜想云修到底会不会回应，会不会理会顾羽的@时，云修的微博终于也有了动静。

云小修：“不如我们一起去看林宝宝？”

封小景：“他被裴清家那对双胞胎缠着啦，好嘛，@顾羽看在你师尊的分上，就饶你一命吧。不过，@云小修你今晚打算怎么补偿我？”

云小修：“做饭给你吃。”

所有人意味深长地大笑，而与此同时，另外一个小道消息开始蔓延整个微博：

“你知道吗？据说现在封小景和云小修的微博是真正的封景和云修在上？！”

“不可能吧！！激动！！”

“原来的微博是粉丝开的，但是现在他们已经把账号密码告诉了封景和云修，所以现在更新微博的真的是他们！你不觉得现在的微博跟以前已经有很大不同了吗？”

“可是……可是他们为什么不认证？”

“谁知道呢。反正连裴清都没认证过呢……”

你们，相信吗？

（全文完）

后记·人生就是不停地战斗

——因为那些小小的梦想而坚持

"人生就是不停地战斗"，这是九把刀在北大演讲时的主题。他说："成功之所以可贵，在于失败概率实在太高。因为一直很想知道自己究竟会成为一个什么样的人，所以不停地拆着人生礼物。"因此他才会有从漫画家到作家、从作家到导演的过程，才会对柴智屏说："这辈子我买过房子，也买过车子，但是我买过最贵的东西，是梦想。"

写《重生之名流巨星》的过程，我就是怀有一个小小的梦想。

我想写一个真心热爱演戏的演员，哪怕时运坎坷，仍然坚持着自己的梦想；我想写一个为真爱放弃过自己事业的人，哪怕被情所伤，仍然还有勇气全部投入再爱一次。有读者曾说，如果云修遇到封景是命，那么封景遇到云修就是运，两个人在一起便合成"命运"二字。这成千上万人之中，唯独有一人，令你牢记最初的梦想。

但是就像生活会磨平你各种棱角一样。

才刚刚下笔，我就遇到了一个艰难的抉择。那时已在中国台湾那边有比较稳定的出版社，但对方基于市场考虑对这样的题材和写法并不感兴趣。写，就意味着放弃那边的出版计划。

每个作者都希望自己的文能出版。

可如果出版社告诉你，这篇文不打算签约出版，写这篇文会影响你其他的出版计划。

你还愿意写下去吗？

之后的确如此。

这篇文整整用掉了我大半年的时间。每晚熬夜写到凌晨三四点，过年时外面欢声笑语、烟火满天，而我对着屏幕手指冰凉地不停敲键盘。台湾那边的出版计划完全断掉，即便《重生之名流巨星》当时已成为晋江网年榜 TOP1，也没有被出版方看中。

但是有的时候，作为作者，就必须为写作的纯粹而放弃一些东西。

哪怕无法出版，哪怕前路艰难。

在这看不清未来、一念执著的大半年里，《重生之名流巨星》的每一个字都用尽了我的心血，每一句话都从我灵魂深处迸发而出，每个情节都是骨子里最炙烈的热忱。无数个深夜为云修的执著感动，无数个清晨为封景的境遇痛心，当这些字字句句最后完完整整地形成小说后，我真的看到云修和封景如此真实地出现在我眼前，他们的每一抹微笑、每一个眼神，都如此鲜活生动！

那一刻，这世上所有的欣喜都朝我扑涌而来。

前路艰难，但是为了梦想，那种义无反顾，从心底溢出的热情却是如此畅快淋漓。所以写文四年，将人生中最好的青春时光全部献给写文，我从未后悔！因为人生就是不停地战斗，而你明白，你所做的一切都是为了你的梦想在奋斗！

就像一名成功的演员，一定要有一部代表作，而作为一名作者，如果有一部作品被读者们认可，成为经典之作，那是无上的荣耀。《重生之名流巨星》成为2010年中国台湾同类书籍销量第一名。人的一生，能够为梦想燃烧所有的热情，是何等快乐的一件事。而我遇见你们，又是何等的幸运。深深感谢，在我为梦想奋战时，那些风雨相随的读者，你们一直站在我背后鼓励我、支持我，跟我一同见证我的挫折、我的快乐。深深感谢为这篇小说精心制作广播剧的三姑娘工作室，感谢蕴蕴、不忆等众位配音演员。深深感谢我的每一位编辑，为了这本书同样耗费心思，与我一同编织最自豪的梦想！

青罗扇子

2011年12月12日

作者微博：http://weibo.com/qingluoshanzi